Xavier-Laurent Petit

Be safe

Médium poche
l'école des loisirs
11, rue de Sèvres, Paris 6ᵉ

Du même auteur à *l'école des loisirs*

Collection MÉDIUM

L'oasis
Fils de guerre
L'homme du jardin
Maestro !
Les yeux de Rose Andersen
Il va y avoir du sport mais moi je reste tranquille
(recueil de nouvelles collectif)
L'attrape-rêves
Itawapa
Un monde sauvage

© 2016, l'école des loisirs, Paris, pour l'édition Médium poche
© 2007, l'école des loisirs, Paris, pour la première édition
Loi n° 49.956 du 16 juillet 1949 sur les publications
destinées à la jeunesse : septembre 2007
Dépôt légal : juin 2016

ISBN 978-2-211-22288-4

*À Manon pour la musique
et Raphaël pour les paroles*

Ce roman doit beaucoup à Jeremy Hinzman, soldat déserteur de l'armée américaine, ainsi qu'aux reportages de Sara Daniel sur l'Irak

1
Juillet

La guitare a rugi le dernier accord de *What's my name ?* tandis que Jeremy la brandissait à bout de bras. Les yeux fermés, ses cheveux longs et son tee-shirt collés par la sueur, il semblait attendre l'ovation des milliers de spectateurs venus l'acclamer. La dernière note s'est éteinte avec un petit sifflement aigu tandis que notre vieil ampli à lampes crachotait. Au-dessus de nos têtes, les tôles de la toiture craquaient sous le soleil.

Jeremy a repoussé la mèche qui lui barrait le visage.

– On s'offre un Coca ?

Il s'était tellement déchiré la gorge à imiter Joe Strummer, le chanteur des Clash, qu'il en avait la voix cassée. J'ai posé la basse contre le mur du garage pour me lancer dans l'exploration de mes fonds de poches, à la recherche des rares pièces qui pouvaient y traîner.

À vrai dire, notre groupe de rock se résumait à ce qu'on fait de plus simple. Mon frère et moi. Jeremy au chant et à la guitare, moi à la basse et aux chœurs, un boulot que j'assurais à moi seul, ce qui demandait une certaine détermination. La plupart du temps, on reprenait des morceaux des Pixies, des Clash ou des Sex Pistols, qu'on braillait comme des déments dans des micros achetés trois fois rien au Cash Converters du coin. Mais notre véritable originalité était ailleurs. On formait certainement le seul groupe de toute l'histoire du rock à ne pas avoir de batteur. On n'aurait pas demandé mieux mais tous ceux qui s'étaient proposés jusqu'à présent étaient de vrais bûcherons, des types qui tapaient comme des sourds sans se soucier une seconde de ce qui se passait autour d'eux.

Nous, on en recherchait un bon. La perle rare.

La seule chose qu'on pouvait vraiment nous reprocher, c'était de faire pas mal de bruit. Nos plus proches voisins n'étaient pas très amateurs de hard rock et ne se gênaient pas pour nous le faire savoir... Depuis le début des vacances, on jouait donc tous les jours, du matin au soir, enfermés dans le garage et toutes portes closes malgré la chaleur étouffante de juillet. Le reste de l'année, on jouait aussi, mais seulement quand le lycée m'en laissait le temps. C'était ma priorité et je ne tenais pas à finir comme mon frère, qui était en vacances depuis deux ans. Ou presque.

Jeremy n'a jamais été très doué pour l'école, ce qui est une façon douce de dire qu'il y était franchement nul. Le jour de ses seize ans, il a annoncé aux parents que ça suffisait comme ça et que, désormais, il allait travailler. Travailler pour de vrai. Avec ses mains. Gagner sa vie. Le genre de promesse plus facile à faire qu'à tenir… Depuis la fermeture des usines de mécanique, le boulot était devenu une vraie rareté dans notre coin, et, de l'autre côté de la highway, l'ancienne zone industrielle ressemblait à un champ de ruines. À dix-huit ans passés, hormis les quelques semaines pendant lesquelles il s'était levé à quatre heures du matin pour décharger les camions du Giant Maxx, le supermarché qui trônait à la sortie de la ville, Jeremy n'avait jamais trouvé mieux que de sortir les chiens de la vieille Tata Ninidze, qui s'était cassé le col du fémur au cours de l'hiver dernier.

Mais il faut reconnaître qu'il n'y avait pas mis beaucoup d'énergie…

Bref, en attendant de devenir une rock star internationale, mon frère ne faisait pas grand-chose et s'enfermait des journées entières dans sa chambre pour jouer de la guitare et écrire de vagues chansons, ce qui plongeait p'pa dans des colères noires.

*
* *

Jeremy a éteint l'ampli, le sifflement s'est tu et il n'est plus resté que le craquement des tôles qui se dilataient au soleil et le bruit des machines dans l'atelier de p'pa.

— Bon, on va se le boire au Giant Maxx, ce Coca ? a-t-il demandé.

Comme si on avait le choix ! C'était le dernier magasin encore ouvert à des miles à la ronde. Les autres avaient fermé en même temps que les usines, et leurs carcasses achevaient de se déglinguer, hiver après hiver.

Jeremy a passé le blouson de cuir sans lequel il n'était pas tout à fait lui-même et a raflé au passage les clés de la voiture de m'man, une vieille Tornado que mon père avait tellement retapée qu'il ne devait plus rester une seule pièce d'origine.

2

Les deux types qui faisaient les cent pas sur le parking du Giant Maxx quand on est arrivés n'avaient pas grand-chose à voir avec les clients habituels du magasin. Ils arpentaient les rangées de voitures, sanglés dans leurs uniformes impeccables, mais de loin, avec leur casquette sur les yeux, leurs cheveux rasés, leurs gants blancs et leurs chaussures lustrées, ils ressemblaient plutôt à deux perroquets égarés au milieu d'un vol de corbeaux. Les barrettes argentées du plus âgé scintillaient au soleil et l'autre lui donnait du « mon lieutenant » toutes les dix secondes. Il y mettait une telle énergie qu'on l'entendait d'un bout à l'autre du parking.

– Ce n'est pourtant pas carnaval, a rigolé Jeremy en me lançant un clin d'œil.

Comme s'ils l'avaient entendu, les deux types se sont tournés vers nous et se sont approchés, le sourire aux lèvres. Mon Jeremy rigolait déjà moins quand « mon lieutenant » a esquissé un salut militaire sous son nez.

— Salut, mon gars ! Pour le carnaval, tu as raison, c'est pas pour tout de suite, mais il me semble bien que tu as la tête de quelqu'un qui cherche quelque chose. Je me trompe ?

Jeremy a repoussé la mèche qui lui tombait devant les yeux, pas très certain de comprendre la question du militaire. Les quelques gars qui revendaient de l'herbe dans le coin organisaient d'habitude leur petit trafic sur le parking. Ce n'était un secret pour personne et ce type s'imaginait peut-être je ne sais quoi... Même s'il ne m'en avait jamais rien dit, je savais qu'à l'occasion Jeremy passait voir les revendeurs du parking. Et d'un militaire à un flic, l'écart n'était pas si grand.

— Je viens chercher quelques cannettes de Coca bien fraîches. Rien d'autre.

L'autre s'est marré en faisant cliqueter toute sa quincaillerie militaire.

— Par ce temps-là, je ne vais pas te donner tort ! Mais dis-moi, tu ne chercherais pas aussi autre chose, par hasard ?...

— Autre chose comme quoi ?

— Comme du boulot, par exemple. Un vrai

travail qui te permettrait de t'offrir une voiture digne de ce nom à la place de cette ruine... Ça te dirait ?

Il a désigné la vieille Tornado de m'man et s'est rapproché de Jeremy.

— Tu imagines ça ! a-t-il repris. Un bon travail, avec un bon salaire à la fin de chaque mois... C'est peut-être le genre de truc que tu cherches, non ?

Jeremy a cligné des yeux. Les boutons de cuivre qui fermaient la vareuse de « mon lieutenant » clignotaient comme des guirlandes.

— Du boulot... Ouais, j'en cherche. Comme tout le monde, quoi...

— C'est déjà quelque chose, mais est-ce que tu en trouves ?

— Faut reconnaître qu'en ce moment...

— Et, sans être indiscret, c'est quoi, ton métier ? Qu'est-ce que tu sais faire de tes dix doigts ?

Jeremy a regardé ses mains comme s'il venait de découvrir qu'elles avaient cinq doigts chacune.

— De mes dix doigts ?... Ben, je joue un peu de guitare. Avec Oskar, mon frère. On fait du rock...

« Mon lieutenant » ne m'a pas accordé le moindre coup d'œil. Celui qui l'intéressait, c'était Jeremy, pas moi.

— Gratouiller une guitare... Mmmm, sûr que c'est sympa, mais c'est à la portée de n'importe qui. Et puis ce n'est pas comme ça que tu vas gagner ta vie.

Dire ça à Jeremy, qui se voyait déjà en haut de l'affiche, c'était presque l'injurier, mais l'autre ne lui a pas laissé le temps de protester.

— La question que je te pose, moi, c'est de savoir si ça te dirait d'apprendre un vrai métier. Je ne sais pas, moi... Construire des ponts, par exemple, ou devenir mécanicien, ou spécialiste en informatique... Gagner ta vie, quoi !

Les deux militaires souriaient, sûrs d'eux, pleins de force et de bonne santé. Leurs uniformes brillaient comme des sapins de Noël. À côté d'eux, avec son blouson de cuir râpé et ses cheveux filasses qui lui tombaient sur les épaules, Jeremy faisait plutôt minable.

— Construire des ponts... a-t-il répété.

— Ça ou autre chose. Tu peux aussi devenir conducteur d'engins de chantier, grutier... Ce ne sont pas les possibilités qui manquent. Et on cherche justement des gars comme toi. Des types jeunes, solides, qui ont envie de travailler, de gagner leur vie et de défendre leur pays et la liberté.

— Leur pays et la liberté, a repris Jeremy en écho, comme s'il n'était plus capable de faire autre chose.

L'autre a hoché la tête.

— Joli programme, pas vrai ?... Ça te dirait d'en savoir plus ? Si tu as un peu de temps devant toi, on va t'expliquer tout ça en détail. Ça n'engage à rien.

— Et mon frère ?

— Il est encore un peu jeune, a rigolé « mon lieutenant » en posant son impeccable gant blanc sur mon épaule, mais, d'ici quelques années, pourquoi pas ? Pour l'instant, il va t'attendre ici, ton frère. Pas vrai, Oskar ?

Il avait retenu mon prénom et l'utilisait comme si on se connaissait depuis toujours, mais, rien qu'à voir les yeux de ce gars-là, j'ai compris que c'était un chasseur et qu'il venait de flairer son gibier. Une sorte de signal d'alarme s'est déclenché au fond de moi. Sans trop savoir pourquoi, je ne voulais pas que Jérémy suive ces types. J'ai cherché à le retenir.

— Jerem' ! Viens ! Faut qu'on rentre...

Mais les deux autres l'entraînaient déjà. Il ne s'est même pas retourné.

Un car de l'armée stationnait en bordure du

parking, les flancs barrés d'un « ARMY GIVES YOU A JOB. JOIN US » en énormes lettres bleues. Jeremy s'y est engouffré à la suite des deux militaires et je l'ai attendu sous le soleil en luttant contre la sale petite inquiétude qui venait de se nicher au creux de mon ventre.

3

Il y avait toujours plus de monde au Giant Maxx en début de mois. Les gens venaient de toucher leur paye ou leurs allocations et les portefeuilles étaient encore assez remplis pour qu'ils ne regardent pas de trop près à la dépense. Les clients allaient et venaient avec leurs chariots chargés à ras bord de tout un tas de trucs qu'ils enfournaient à même les coffres des voitures, pour la plupart de vieilles caisses qui n'étaient pas en meilleur état que celle de m'man. Je guettais tout ce trafic du coin de l'œil. Avec un peu de chance, une pièce ou même un billet pouvaient s'échapper de leur poche au cours de la manœuvre…

Je me suis alors aperçu, en faisant les cent pas sur le parking, que « mon lieutenant » et l'autre n'étaient pas les seuls à fouiner aux alentours du Giant Maxx. D'autres militaires s'y baladaient aussi, toujours par deux. Ils abordaient les jeunes comme ils l'avaient fait avec Jeremy, sans s'occuper de leur allure, de la couleur de leur peau, de leur façon de s'habiller ou de quoi que ce soit d'autre. Ils plaisantaient, discutaient un moment, se penchaient vers eux comme pour leur glisser un bon conseil à l'oreille, et, au bout de quelques minutes, ils se dirigeaient vers le car avec le type qu'ils venaient de ferrer. Parfois avec une fille, mais plus rarement.

La plupart en ressortaient assez vite, mais certains, comme Jeremy, s'y attardaient.

Je me suis lassé de guetter des pièces qui ne roulaient jamais par terre et des billets qui ne s'envolaient pas des poches. Garée en plein soleil, la voiture de m'man était une véritable étuve. Je m'y suis quand même réfugié pour écouter Creedence, un groupe de vieux rockers barbus qu'elle adorait.

Pendant un bon moment, j'ai passé en boucle *Looking out my back door*, le morceau que je préférais. Jeremy n'arrivait toujours pas et je sentais la petite boule d'inquiétude grossir doucement, lovée au creux de mon ventre comme une sale bête.

Il a soudain surgi devant moi.

– J'ai été un peu long, hein…

Il tenait un papier vert dans la main droite et m'a adressé un drôle de sourire, les yeux plissés dans la lumière de l'après-midi.

– J'ai peut-être fait une connerie.
– Quoi, ça ?
– J'ai signé.
– Signé quoi ?

Il s'est installé au volant de la Tornado et m'a tendu la feuille verte.

– Tiens, regarde ! C'est un contrat d'engagement dans l'armée. Pour quatre ans.

Je me suis cogné dans le rétroviseur en me redressant.

– Dans l'armée ! Alors tu vas… Tu veux être…
– Militaire, ouais… Mais attention ! Pas militaire comme tu crois ! Je vais apprendre un métier. Apprendre à construire des ponts. C'est ce que j'ai choisi. Les ponts… ça me plaît bien.

Construire des ponts ! Lui qui ne rêvait que de festivals rock, de guitares et de décibels. D'où lui venait cette idée de dingue ? Il était tombé sur la tête ! Un peu abasourdi, je lui ai rappelé un élément fondamental de son existence.

– Mais tu t'en fous des ponts, Jeremy ! Jamais tu ne t'es intéressé aux ponts…
– Et alors ? Maintenant je m'y intéresse, voilà tout ! Jusqu'à présent, personne ne m'en avait jamais parlé, mais là c'est différent… Imagine un peu, tu

jettes des passages au-dessus des rivières bouillonnantes, tu relies les hommes les uns aux autres...

Je l'ai regardé par en dessous. Cette histoire de « relier les hommes entre eux », ça ne ressemblait pas du tout à du Jeremy. Sans parler des rivières « bouillonnantes » ! J'étais même prêt à parier qu'il utilisait ce mot pour la première fois de sa vie.

— Mais, si tu deviens soldat, tu vas devoir te battre, non ?

Il a secoué la tête.

— Pas moi, non. Le lieutenant a été très clair là-dessus. Dans l'armée, il y a ceux qui combattent et ceux qui reconstruisent. Moi, je fais partie de ceux-là. De ceux qui reconstruisent les routes et les ponts une fois les guerres terminées...

Il a mis le contact, la Tornado a vibré comme si elle allait se désintégrer et Jeremy s'est engagé sur la route truffée de nids-de-poule qui menait jusqu'à la maison. Il conduisait avec l'air préoccupé de quelqu'un qui réfléchit à trop de choses en même temps. Tellement de choses qu'on en avait oublié le Coca.

— Pas grave !

Il m'a jeté un coup d'œil en souriant.

— Je n'ai pas de temps à perdre, tu sais. Dans deux semaines, je serai parti.

— Deux semaines !
— Ouaip !

Il a tapoté le papier vert qui dépassait de sa poche.

— Et encore, j'ai une visite médicale prévue dès la semaine prochaine.

J'avais la sensation d'être sur un ring, à demi K-O, et de prendre des volées de coups en pleine figure. Je me suis soudain imaginé la vie sans Jeremy. Seize ans qu'on ne s'était quasiment pas quittés ! Depuis ma naissance ! Seize ans que, jour après jour, on se voyait, on s'engueulait, on rigolait et qu'on se racontait des histoires auxquelles on ne croyait pas vraiment sur notre avenir de rocker. Seize ans qu'on faisait des trucs aussi idiots que manger des chips en regardant des émissions de télé débiles. Et tout ça, ça allait s'arrêter dans deux semaines. J'ai senti les larmes me monter aux yeux. Jeremy, lui, évitait les nids-de-poule avec une application de bon élève.

*
* *

— Vous en avez mis du temps ! a fait m'man en nous voyant arriver.

Jeremy se dandinait d'un pied sur l'autre en tripotant son papier vert.

– M'man, tu vas être contente. J'ai trouvé du travail… Un vrai travail, je veux dire…

Il y avait une tension inhabituelle dans sa voix. M'man s'est tournée vers lui.

– Et quel genre de travail ?

– Je viens de m'engager dans l'armée. Pour quatre ans.

Elle a écarquillé les yeux, la main sur la bouche.

– Mais Jeremy… Tu n'y penses pas. Et si…

La suite a refusé de sortir. D'un geste, elle a désigné l'écran grisâtre de la télé.

Chaque jour, on avait droit aux images de cette guerre où nos « *boys* », comme disaient les commentateurs, étaient engagés, à l'autre bout du monde. Le Président avait prononcé à peu près un millier de discours pour expliquer qu'il n'avait pas pris de gaieté de cœur la décision d'envoyer nos soldats combattre là-bas. C'est au nom de la liberté que je l'ai fait ! Au nom de notre liberté à tous, et de celle des peuples aux côtés desquels nous combattons. Le premier devoir d'un pays comme le nôtre est de s'opposer par tous les moyens à la barbarie et de lutter pour la paix. Et je sais que, dans ce combat pour l'avenir, je pourrai compter sur le soutien sans faille de chacun d'entre vous !

D'après les chiffres officiels, plus de 2 000 « *boys* » étaient déjà morts sur le terrain, mais la rumeur circulait que l'armée falsifiait les comptes et qu'il y en avait plus du double. Personne ne savait où était la vérité, mais les bons patriotes se contentaient de 2 000. Ce qui faisait déjà beaucoup.

Jeremy a pris les mains de m'man dans les siennes.

– Qu'est-ce que tu vas chercher là, m'man ? Je ne vais pas me battre, le lieutenant a été très clair là-dessus. Je vais apprendre à construire des ponts ! Rien que des ponts. Ça n'a jamais tué personne !

4

De si loin que je me souvienne, j'ai toujours vu p'pa le nez plongé dans un moteur. N'importe quelle voiture faisait l'affaire, mais sa préférée, c'était la sienne, une Studebaker Cruiser des années soixante qui semblait sortie tout droit d'un film en noir et blanc. Il répétait à qui voulait l'entendre qu'il n'avait pas les moyens d'en acheter une neuve. Ce qui était le cas de quatre-vingt-dix pour cent des gens du coin. Mais la grosse différence entre eux et lui, c'était que la plupart n'auraient pas demandé mieux que de changer la leur alors que p'pa s'était amouraché de son tas de tôle et qu'il aurait sans doute préféré mourir plutôt que s'en séparer.

C'était son refuge.

Dès que ça n'allait pas, dès qu'il y avait un peu d'eau dans le gaz avec m'man ou que Jeremy poussait ses rêves de rocker un peu trop loin en se réveillant au beau milieu de l'après-midi, hop ! p'pa filait auprès de sa Studebaker. Et il pouvait passer des heures à la bichonner et à la régler au quart de poil jusqu'à ce qu'elle tourne comme une horloge.

Faut dire que p'pa a toujours été un as de la mécanique, capable de réparer à peu près tout ce qui lui tombait sous la main et de redonner une seconde jeunesse à des engins d'avant le déluge. Ça a fini par se savoir et, peu à peu, il est devenu le réparateur attitré de toutes les guimbardes de la région. Les clients manquaient d'autant moins que, la plupart du temps, il oubliait de les faire payer. « Ma pension me suffit », assurait-il. Une opinion que m'man ne partageait pas tout à fait. Sa pension, c'était ce chèque qui arrivait à la maison au début de chaque mois à la suite de l'accident qui lui avait broyé la jambe, des années avant ma naissance. Une histoire idiote sur laquelle p'pa n'aimait pas trop revenir…

À l'époque, il était apprenti dans un garage. Le pont levant sous lequel il travaillait s'est affaissé d'un coup. P'pa a eu assez de réflexes pour plonger de côté, mais pas assez de temps pour s'en tirer indemne. Sa jambe gauche est restée coincée dessous, écrasée par tout le poids de la voiture qu'il était en train de réparer. Lorsque ses collègues ont réussi à le tirer de là, elle ne ressemblait plus à grand-chose. Les chirurgiens ont fait tout ce qu'ils ont pu pour la rafistoler au mieux mais, depuis, p'pa marchait en se dandinant comme un canard, un coup à gauche, un coup à droite... «Ce qui n'a pas empêché ta mère de tomber amoureuse de moi, Oskar, même avec mes dix ans de plus!»

Et c'est vrai qu'on était en droit de se demander comment une femme aussi jolie que m'man avait bien pu se décider à épouser un type aussi mal embouché, bancal et plein de cambouis que p'pa.

«Mystères de l'amour...» soupirait parfois grandma, la mère de p'pa.

À force de passer ses journées à dévorer des romans à l'eau de rose, elle était devenue la spécialiste incontestée des tourments du cœur et pouvait passer des heures à parler de l'amour, de ses joies et de ses ravages, avec dans la voix les mêmes frissons d'émotion qu'à quinze ans.

5

Quand p'pa est revenu de l'atelier, il nous a regardés alternativement, m'man, Jeremy et moi, et s'est marré :

— Ben, vous en faites une tête, tous les trois !

Il a ouvert le robinet et s'est aspergé les mains d'une giclée de savon noir.

— J'ai trouvé un boulot, a jeté Jeremy avec un petit sourire au coin des lèvres.

Mon père a suspendu son geste et, les mains encore toutes dégoulinantes de jus de cambouis, s'est tourné vers lui.

— Tu veux dire un vrai boulot ? Autre chose que faire crotter les chiens de Tata Ninidze ?

Jeremy a hoché la tête.

— Ouaip, un vrai.

Il a tendu son papier vert à p'pa.

— Je viens de m'engager dans l'armée. Ils vont m'apprendre à construire des ponts.

P'pa s'est figé, blanc comme un linge. Pendant un moment, il a donné l'impression de suffoquer devant l'afflux des mots qui se bousculaient dans sa gorge et finalement, sans même un regard pour Jeremy, il a filé s'enfermer dans son atelier en le bousculant au passage.

— Et merde! a glapi Jeremy. Qu'est-ce qui ne va pas encore? Quand je n'ai pas de boulot, il m'engueule, et maintenant que j'en trouve un, ça ne va toujours pas! Tu y comprends quelque chose, toi?

Il regardait m'man comme pour la prendre à témoin.

— Tu ne peux pas comprendre, Jeremy. Tu ne peux pas...

— Pas comprendre quoi? Je vais apprendre un vrai métier, et ça le fout en rogne comme si je venais de proférer les pires insanités.

— Tu ne peux pas comprendre, a répété m'man.

Elle a fouillé dans le frigo pour en sortir une boîte de bière et un sandwich.

— Tiens, Oskar, porte ça à ton père.

Elle connaissait assez son homme pour savoir que, même affamé comme un loup, p'pa ne sortirait pas de dessous son moteur avant que sa colère retombe.

Je l'ai trouvé allongé sous la Studebaker. Le soleil avait donné toute la journée et il régnait une chaleur de four dans l'atelier, mais p'pa s'en moquait. Il bricolait son moteur et les jambes de son pantalon dépassaient à peine du pare-chocs, comme si toute cette mécanique le dévorait peu à peu. Il parlait tout seul et je suis resté planté sur le seuil avec la bière et le sandwich, à ne pas oser faire un pas de plus.

– Non, mais quel petit crétin ! Dire que c'est mon fils ! Il ne se doute pas jusqu'où ça peut le mener, ce genre de connerie. J'aurais dû lui parler. C'est sûr... Mais à quoi bon remuer toutes ces vieilles saletés ? Plus envie... Jamais je n'ai voulu ressasser ces histoires-là, jamais voulu en reparler. À personne. Rien que d'y repenser, ça me flanque la nausée. J'en ai trop chié. Trop souffert. Trop vu de saloperies.

À tâtons, il a échangé sa clé contre une autre, plus petite.

– Et mon fils qui s'engage, maintenant ! C'est comme si rien n'avait servi à rien !

Et il a répété : « Comme si rien n'avait servi à rien... »

J'ai posé le sandwich et la bière sur la grosse enclume et me suis éloigné sur la pointe des pieds.

Dehors, il n'y avait pas un souffle de vent et les criquets faisaient un vacarme pas possible. J'essayais de comprendre ce que je venais d'entendre. Il s'agissait de Jeremy, bien sûr, mais pour le reste ? Cet endroit où il en avait «trop chié» et dans lequel il avait vu trop de saloperies, c'était quoi ? C'était où ? C'était quand ? Jamais je n'avais entendu parler d'une histoire pareille.

Comme souvent en été, un grand éclair silencieux a cisaillé le ciel. Et un vieux souvenir m'est soudain revenu en mémoire. Comme une bulle de gaz qui crève l'eau d'un étang.

J'avais six ou sept ans, peut-être huit, peu importe. Ce jour-là, j'étais seul à la maison. M'man et Jeremy étaient partis je ne sais où, et p'pa travaillait sur ses voitures. Après avoir joué un moment dans ma chambre, je me suis mis en tête d'aller le rejoindre. Je l'ai trouvé dans son atelier, au milieu des vieux moteurs sur cales et des outils pleins de graisse, mais il ne travaillait pas. Il feuilletait quelque chose. Un livre ou une revue. Je me suis approché sur la pointe des pieds sans qu'il m'entende, comme un gamin qui s'apprête à faire une surprise. Ce qu'il regardait, c'était un album de photos, ou plutôt un vieux cahier d'école dans lequel il avait collé des photos. Il l'a refermé d'un coup sec en m'apercevant et des feuilles bordées de noir s'en sont échappées en voltigeant sur le sol de l'atelier. J'ai voulu les ramasser mais…

— Laisse ça, Oskar ! a aboyé p'pa.

Et il s'est baissé pour le faire lui-même malgré sa jambe.

*
* *

Un nouvel éclair a sillonné le ciel. Adossé au mur, j'écoutais les criquets tout en essayant de me rappeler ce qui avait bien pu se passer ensuite. Mais rien n'est revenu. Sauf que les feuilles qui avaient volé ce jour-là à travers tout l'atelier ressemblaient étrangement à des faire-part. Des faire-part de décès. Il y en avait peut-être trente ou quarante…

6

Deux semaines que Jeremy avait signé son engagement !

Ce temps-là nous avait filé entre les doigts sans qu'on comprenne comment. J'avais à peine commencé à me faire à l'idée qu'il allait partir que Jeremy était déjà sur le départ, debout sur le seuil de l'atelier avec son sac, à tenter de dire au revoir à p'pa. Un filet de musique country sortait d'un petit transistor noir de graisse et les jambes de p'pa étaient tout ce qu'on apercevait de lui. Le reste de son corps disparaissait sous une vieille Ford à bout de souffle. Jeremy s'est approché, sa convocation à la main.

— Salut, p'pa. Faut que j'y aille maintenant, sinon je vais rater le car.

Aucune réaction.

— P'pa !

La voix de Jeremy grelottait mais p'pa fourrageait toujours dans son moteur comme s'il était seul au monde. Il a toujours eu une technique éprouvée pour jouer au sourd.

– P'pa ! a gémi Jeremy.

Il ressemblait à un chiot égaré.

Mais p'pa s'est mis à cogner comme un forcené sur je ne sais quoi tandis que Jeremy l'appelait de nouveau. Les coups n'ont cessé qu'au moment où mon frère s'est décidé à se glisser entre les roues de la voiture, aux côtés de p'pa.

Ils sont restés un moment à se parler avant que Jeremy en ressorte, le visage marqué de cambouis et les yeux un peu rouges. P'pa s'est remis à taper et, quand on s'est éloignés de l'atelier, la Ford résonnait de toutes ses tôles comme s'il avait décidé d'en finir une bonne fois pour toutes avec elle.

Avec m'man, on a accompagné Jeremy. Chaque mois, un car de l'armée faisait la navette jusqu'à Fort Carolina, un camp militaire situé à l'autre bout du pays où les nouvelles recrues recevaient leur « formation militaire de base ».

Jeremy n'était pas le seul à avoir croisé les pas de « mon lieutenant ». Jeff et Leon, ses anciens copains de lycée, étaient également du voyage. Et d'autres encore, une bonne dizaine en tout, qui attendaient le signal du départ en se donnant des airs de durs, leurs gros sacs à leurs pieds.

Mon regard a croisé celui de Marka, la sœur de Jeff. Et le petit sourire qu'elle m'a adressé en retour a provoqué un véritable changement de densité au fond de ma poitrine. Comme si je m'allégeais subitement de tout ce poids que je traînais depuis des jours à l'idée du départ de Jeremy.

Leon s'est approché de nous en roulant des mécaniques, comme d'habitude.

– Hé, Jerem', tu as choisi quoi, comme formation ?

– Les ponts. La construction de ponts.

– Pas possible ! Hé, Jeff ! T'entends ça ? Jerem' a choisi le même truc que nous ! On va se retrouver ensemble, tous les trois ! J'y crois pas ! Ils n'ont qu'à bien se tenir. Je sens déjà qu'on va faire des miracles ! En comparaison de ce qu'on va leur bâtir, le pont de Brooklyn ressemblera à un pont de singe !

La seule chose qui m'intriguait, c'était que l'armée ait besoin d'autant de bâtisseurs de ponts.

En rigolant, Leon a attrapé à pleine main la tignasse de mon frère.

– Hé, monsieur l'engagé, il va falloir me raser tout ça !

Jeremy a éclaté d'un rire un peu forcé. Ses cheveux, c'était, comme son blouson de cuir, une bonne part de ce qu'il était, et il avait passé les deux dernières semaines à se demander s'il valait mieux les couper tout de suite ou attendre d'être entre les mains du coiffeur militaire de Fort Carolina.

Le car est arrivé. M'man a serré Jeremy contre elle comme s'ils devaient ne jamais se revoir.

– Fais bien attention à toi, hein ! a-t-elle soufflé.

Et j'étais prêt à parier que, au même moment, les mères de Jeff et de Leon prononçaient exactement les mêmes mots.

– Mais qu'est-ce que tu veux qui m'arrive ? a fanfaronné Jeremy. Je vais marcher au pas pendant quelque temps et ensuite j'apprendrai à fabriquer des ponts. Rien de plus !

Il s'est tourné vers moi.

– Salut, p'tit frère !

On s'est embrassés, un truc qui ne nous était pas arrivé depuis un temps fou. De sentir sa joue contre la mienne, ça a été comme si quelque chose se déchirait. Le signal que tout ce qu'on avait vécu ensemble jusqu'à présent s'arrêtait là, à l'instant, devant ce car. L'antidote du sourire de Marka a cessé de faire de l'effet et la petite boule d'amertume de ces jours derniers est revenue se nicher quelque part au fond de ma poitrine.

— Et pour jouer ? ai-je demandé, la gorge un peu sèche. Pour notre musique, comment on va faire, maintenant ?

Jerem' m'a ébouriffé les cheveux.

— T'inquiète ! On verra ça pendant mes permissions. Mais je vais continuer à écrire des chansons là-bas. J'ai plein d'idées. Et puis, tu sais quoi ? Avec ma première solde, je vais nous offrir un bel ampli. Du matos de pro. Tu vas voir, avec ça, on nous entendra à des kilomètres !

Un type en treillis a commencé à faire l'appel.

— Leon Di Nardo.

— Présent !

— Jeremy O'Neil.

— Présent, a braillé Jeremy.

Il a empoigné son sac et s'est dirigé vers le car sans nous regarder.

— Hé ! Jerem' !

J'avais soudain des quantités de choses à lui dire mais il ne m'a pas entendu. Ou il a fait semblant.

On s'est regardés un moment, chacun d'un côté de la vitre, comme des poissons dans un aquarium, un dernier petit signe, et puis le car a démarré. M'man m'a pris la main et, le regard un peu brouillé, on a suivi le bus qui rapetissait sur la route. J'ai attendu qu'il disparaisse pour me retourner et je me suis retrouvé presque nez à nez avec la sœur de Jeff.

Elle a bien tenté le coup mais, cette fois, même elle avait du mal à sourire.

7

Le premier SMS de Jeremy est arrivé trois jours plus tard.

> Tout est OK.
> C crevant.
> Te raconterai + tard.
> Bises aux parents.

Sur l'écran de mon portable, un Jeremy à peine reconnaissable, en treillis et les cheveux tondus à ras. Derrière lui, un peu floues, des silhouettes en uniforme verdâtre. M'man a souri en le regardant.

— On retrouve son visage de quand il était petit, tu ne trouves pas ?

Elle a tendu le portable à p'pa, qui n'y a même pas jeté un coup d'œil.

— Pas besoin de photo pour savoir à quoi ressemble mon fils !

Ensuite, ça a été le silence radio. Chaque jour, m'man guettait le courrier, moi mon portable et ma messagerie, mais on ne recevait aucune nouvelle de Fort Carolina. Pas de SMS, pas d'e-mail, pas de lettre…

M'man a mis une quinzaine de jours avant de se décider à appeler là-bas.

– C'est pour annoncer un décès, madame ? a demandé une voix à la Droopy.

– Non… non… pas de décès, mais vous comprenez, je n'ai plus de nouvelles depuis si longtemps. Alors, je voudrais juste…

– Désolé, madame, mais je ne peux rien pour vous. Fort Carolina n'est pas une nursery.

8

La première lettre de Jeremy nous est arrivée toute chiffonnée et maculée de boue, comme si elle avait macéré au fond de ses poches pendant des jours.

Bonjour tout le monde,
Pas facile, ici, de trouver du temps pour écrire. On n'arrête pas de toute la journée. C'est épuisant ! Dans le meilleur des cas, c'est lever à cinq heures et coucher à minuit. Le soir, on s'écroule comme des masses et on dort la seconde d'après. Je pourrais sans problème m'endormir sur un tas de cailloux !
Le plus crevant, c'est l'endurance. On court sans arrêt. Des miles et des miles, tous les jours. Je ne me serais jamais cru capable d'en faire autant ! Certains ne tiennent pas le coup, mais moi, je m'accroche. J'apprends aussi à tirer. Fusil M-16, mitrailleuse, lance-roquettes, tout y passe et j'adore ça !

Le sergent chargé de notre instruction ne dit rien, mais il m'a repéré dès la première séance de tir et je vois à son regard qu'il n'arrête pas de m'observer. Faut dire que je me débrouille plutôt bien et que je mets souvent dans le mille ! Je fais partie des meilleurs. C'est important d'être parmi les meilleurs, tout le monde le dit. Le bruit court que ceux qui traînent la patte ou qui ont de mauvais résultats au tir ne seront pas affectés dans les spécialisations qu'ils ont demandées. On apprend aussi le combat au corps à corps, rien qu'avec les mains et des armes blanches. Un truc de dingues ! On prend pas mal de coups et il y en a déjà deux à l'infirmerie. Côtes cassées et blessure au bras (un coup de couteau). Le métier rentre en même temps que les lames ! Là aussi, je me débrouille plutôt bien. Je serai bientôt capable d'étrangler un ours à mains nues en pleine forêt !

Mot spécial pour Oskar : je ne peux plus t'envoyer de SMS. Le sergent a confisqué tous les portables en disant qu'on n'était pas là pour écrire des mots d'amour à nos chéries. Jeff, qui avait planqué le sien dans ses chaussettes, s'est fait piquer hier soir. Il part au trou pour deux jours, je n'aimerais pas être à sa place. C'est peut-être sa spécialisation qu'il est en train de rater.

Toujours pour Oskar, je n'ai pas une seconde pour penser à la musique. Je suis en train d'oublier tous les riffs de guitare que j'ai appris. Faudra que je me dérouille les doigts pour notre prochaine répète !

Mot spécial pour m'man : je ne sais pas trop quand j'aurai une permission, personne n'en parle, mais si tu pouvais me faire un crumble aux prunes ce jour-là...

Mot spécial pour p'pa : figure-toi que tu as un frère jumeau ! En 1969, un certain Frank O'Neil est passé par Fort Carolina, un tireur d'exception paraît-il. Un type tellement doué que les gradés du fort en parlent encore alors que pas un ne l'a réellement connu. « Ce mec-là était capable d'atteindre un grain de riz à cent mètres ! » assure le sergent. Il m'a demandé si, des fois, ce n'était pas quelqu'un de ma famille. Je lui ai répondu que le seul Frank O'Neil que je connaissais, c'était mon père, un type qui était champion toutes catégories question moteurs mais que je n'avais encore jamais vu avec un fusil entre les mains !

Je vous laisse. Demain, réveil à quatre heures et marche de trente kilomètres avec tout l'armement à travers les marais ! Une partie de plaisir, quoi !

Je vous embrasse tous.

Jeremy

Quand p'pa a reposé la lettre sur la table de la cuisine, m'man lui a caressé les cheveux. Un petit geste de douceur comme les parents ne s'en autorisaient pas souvent devant nous.

— Quel crétin ! a-t-il murmuré. Il n'a rien compris.

— Rien compris à quoi ?

— Rien compris à la façon dont ça fonctionne là-bas, Oskar. Jeremy s'imagine que, en étant le meilleur et en mettant toutes ses balles dans la cible, il va pouvoir choisir sa spécialité, alors que c'est tout le contraire !

— Le contraire ! Mais on lui a promis que…

— Bien sûr qu'on lui a promis tout ce qu'il voulait, mais réfléchis deux secondes. Tu crois vraiment qu'ils vont employer de bons tireurs à bâtir des ponts ? Tu t'imagines qu'ils forment des types à se battre au corps à corps pour aller ensuite gâcher du ciment avec une truelle ? L'armée va faire son tri. Les meilleurs iront là où elle en a besoin et certainement pas là où ils veulent aller.

P'pa a froissé la lettre de ses grosses mains incrustées de cambouis. Il parlait avec une sorte de rage. À l'écouter, si Jeremy tenait tant que ça à devenir pontonnier, il avait intérêt à mettre un maximum de balles à côté de la cible et à ne pas cavaler comme un lapin pendant les séances d'endurance. À première vue, le raisonnement de p'pa semblait plutôt tordu, mais il se tenait. Le seul problème, c'est que Jeremy n'était pas là pour l'entendre.

— Crétin ! a-t-il répété.

Je lui ai mis un coup de coude, histoire de faire diversion.

— Dis donc, tu m'avais caché que tu étais un sacré tireur d'élite, monsieur Frank O'Neil !

Il s'est marré.

— Les O'Neil, tu sais, ce n'est pas ce qui manque, dans ce pays ! Rien qu'en ville, on est déjà quatre, sans autre rapport entre nous que notre origine irlandaise.

— Oui, mais là il y a aussi le prénom.

— Le hasard, Oskar... Je serais bien incapable d'atteindre un éléphant dans un couloir, je ne suis bon qu'à mettre les mains dans les moteurs, rien d'autre. Sans parler de ma patte folle...

M'man lui caressait toujours les cheveux.

Il lui a adressé un drôle de petit sourire et s'est éloigné vers le garage sans un coup d'œil pour la télé qui passait en sourdine des images de nos *boys* tournées dans des coins aux noms imprononçables. On y voyait des soldats patrouiller dans des rues poussiéreuses, l'arme au poing. Les images suivantes les montraient assaillis par des hordes de gamins qui s'agrippaient à eux pour qu'ils leur jettent des chewing-gums et des bonbons. Tout autour les gens circulaient comme si de rien n'était.

M'man a augmenté le volume.

Le commentaire soulignait l'accueil chaleureux que la population réservait aux combattants de la démocratie et de la liberté.

9

Sans Jeremy et sans musique, l'été n'en finissait pas de finir.

Je m'obstinais cependant à m'enfermer dans le garage pour jouer seul. Je passais des disques sur notre vieille chaîne en m'acharnant à suivre leur partie de basse, mais le cœur n'y était pas. Les meilleurs groupes rock de la planète ne pouvaient pas remplacer les cheveux longs et les braillements de Jeremy. Je n'ai pas touché à sa guitare pendant des semaines. Elle s'empoussiérait jour après jour, à l'endroit exact où il l'avait laissée la dernière fois qu'on avait joué ensemble. À deux, c'était déjà limite, mais à moi seul je n'étais plus très certain de former un groupe de rock.

De son côté, m'man n'attendait que de retrouver les tout-petits de son école. Voilà des années qu'elle avait la même classe et elle n'en aurait changé pour rien au monde. *Avec eux, au moins, il n'y a pas de tricherie, tout ce qu'ils ont sur le cœur, ils le disent...*

Le mois de septembre est arrivé comme un soulagement. J'ai repris le chemin du lycée, avec une bonne et une mauvaise nouvelle à la clé. La bonne, c'est que j'étais dans la même classe que Marka. La mauvaise, c'est qu'elle distribuait ses sourires à tous avec une égale générosité. Même Michael y avait droit, un type prétentieux et con comme une vache, qui se prenait pour Di Caprio. Cet abruti s'était mis en tête que Marka était amoureuse de lui, ce qui, en temps normal, aurait dû me faire hurler de rire, mais le problème, c'est qu'elle n'y apportait pas le moindre démenti. Et là, il y avait de quoi pleurer de tristesse.

Rien que dans notre classe, on était six – cet enfoiré de Michael compris – dont les frères s'étaient engagés au cours de l'été. P'pa affirmait que, à l'époque où les usines de mécanique marchaient jour et nuit, il n'y en aurait pas eu un seul pour partir.

– Le boulot, il était là, Oskar. Tu n'avais qu'à te baisser pour le ramasser.

*
* *

Marka a déboulé sans prévenir, un après-midi

où je massacrais consciencieusement un vieux truc des Stones. J'essayais de suivre le disque, tellement absorbé que je ne l'ai pas entendue pousser la porte du garage. Je n'ai relevé la tête qu'à la fin du morceau, lorsqu'elle a discrètement applaudi. J'ai rougi et elle a souri. Sa mère et elle venaient de recevoir une lettre de Jeff.

— Tu te rends compte, il a fait de la prison !

Elle a laissé échapper un rire hésitant, entre inquiétude et admiration.

— Je le savais, Jerem' nous l'a écrit l'autre jour.
— Et tu ne m'as rien dit !
— Je ne voulais pas t'inquiéter.

Elle a regardé autour d'elle. La guitare de Jeremy, grise de poussière, notre vieil ampli qui grésillait, ma basse et, punaisés aux murs, les posters de nos groupes préférés.

— Tu joues tout seul ?
— Bien obligé, depuis que Jeremy est parti...

Elle s'est approchée de la guitare et a soufflé la poussière.

— Je peux ?
— Tu sais jouer ?
— Un peu...

Elle l'a accordée avant d'enchaîner une série

d'accords que Jeremy aurait été bien incapable de sortir et s'est mise à chanter d'une voix que je ne lui connaissais pas. Une voix de chanteuse de blues, râpeuse, rugueuse, voilée.

Elle a terminé par un enchaînement éblouissant d'arpèges qui se sont envolés en même temps que sa voix avant de s'achever de façon abrupte sur une seule note grave qu'elle a laissée résonner.

Le grésillement de l'ampli a envahi le garage. Au-dehors, le vent chahutait les tôles du toit. Marka était là rien que pour moi, rien qu'avec moi. Je n'en croyais ni mes yeux ni mes oreilles. J'aurais voulu prolonger ce moment, le retenir à pleines mains, le garder pour moi. Le moindre mot allait l'abîmer de façon irrémédiable, je le savais. Je n'ai pourtant pas pu m'empêcher de bafouiller.

– C'est… c'était super. Vraiment ! Je ne savais pas que tu… que tu… que ta voix était si… Enfin, je veux dire que…

Tous mes mots se sont emmêlés dans une bouillie informe. La vérité, c'est que je n'avais aucune idée de ce que j'aurais pu lui dire. Tout ce qui me passait par la tête me semblait d'une banalité affligeante. Elle a éclaté de rire tandis que je rougissais jusqu'aux oreilles. Dans le rôle de l'éléphant dans un magasin de porcelaine, je suis assez imbattable. J'ai grimacé une sorte de sourire. Je me détestais.

— On pourrait peut-être jouer ensemble, a-t-elle alors proposé, comme s'il s'agissait de la chose la plus naturelle du monde.

Mon cœur a failli exploser. Je suis resté un moment en apnée, pas très sûr de ce que je venais d'entendre, pendant que Marka souriait tout en gratouillant doucement la guitare de Jeremy.

10
Octobre

Je venais de rentrer du lycée lorsque j'ai entendu des pas sur le gravier. Je me suis retourné et il m'a fallu un bon moment pour me convaincre que ce grand gars qui s'encadrait dans la porte, avec sa boule à zéro et son uniforme impeccable, était le même que celui avec qui, à peine trois mois plus tôt, je braillais des reprises des Pixies à m'en casser la gorge.

— Jeremy !

Je me suis précipité sur lui tandis que m'man répétait la même phrase en boucle.

— Tu aurais dû appeler avant, Jeremy, nous prévenir. Tu aurais dû appeler…

— Je voulais vous faire la surprise.

P'pa est arrivé de l'atelier, où il se penchait sur un cas de soupapes particulièrement délicat. Il a regardé Jeremy, puis son chevron de soldat de première classe et, enfin, le petit insigne épinglé sur son uniforme. Il s'est approché pour l'observer de plus près. C'était un fusil. Un minuscule fusil, fin et doré comme un bijou.

— Badge du meilleur tireur! a fanfaronné Jeremy. Je suis arrivé premier de ma promotion.

— Tu as tout mis dans le mille?

Jeremy a souri.

— Affirmatif! a-t-il beuglé en se retenant de justesse de se mettre au garde-à-vous.

Le poing de p'pa s'est abattu sur la table.

— Affirmatif! Mais qu'est-ce que c'est que ces conneries? Qu'est-ce que c'est que ces façons de parler? Tu ne peux pas dire oui, comme tout le monde?

— Frank… a fait m'man.

Jeremy a laissé filer un ricanement.

— Sympa, l'accueil! On ne se voit pas pendant neuf semaines et je me fais engueuler comme un gamin parce que j'ai dit un mot qui ne convient pas. Si je dérange, faut le dire. Je peux repartir là-bas. Les formateurs nous serinent à longueur de journée que l'armée, c'est notre seconde famille. Je vais finir par y croire.

— Excuse-moi, a grommelé p'pa. Excuse-moi. C'est juste que…

– Juste que quoi ?

– Juste que rien.

Et il a serré Jeremy contre lui.

– Oublie ce que j'ai dit. Tu restes quelques jours, j'espère ?

– Affirmatif, a fait Jeremy sans même s'en apercevoir. Une dizaine de jours. Je repars lundi prochain.

– Pour aller à… ?

– Je reste à Fort Carolina.

– Mais ta spécialisation ? Les ponts et tout le reste ? Ça se passe aussi là-bas ?

– Ma spécialisation…

Jeremy fixait le bout de ses chaussures, cirées comme des miroirs. Jusqu'à ce jour, jamais je ne l'avais vu avec autre chose aux pieds que de vieilles baskets râpées ou ses boots de rocker.

– Ils ont trop de demandes pour les ponts, à ce qu'il paraît.

– Alors ?…

– Alors, ils ont choisi les meilleurs pour faire une autre spécialisation. Des gars comme moi, qui étaient…

– Laisse-moi deviner, a coupé p'pa. Ils t'envoient dans les Forces spéciales. C'est ça ?

— Affirmatif. Là-bas, tout le monde dit que c'est l'élite. La moitié des gars de la promo ne rêve que de faire partie des Forces spéciales. Sauf qu'on n'y entre pas comme ça. On n'est même pas quinze à avoir réussi les épreuves de sélection.

Les jointures des doigts presque blanches, p'pa écrabouillait l'accoudoir du fauteuil. Ses yeux ne quittaient pas Jeremy.

— Et tu as une idée de ce qu'ils vont t'apprendre, là-bas ?

— Un peu, oui. Ils veulent que je me spécialise dans le tir. Le chef de ma section a fait un rapport en ce sens…

— Le tir, a répété p'pa.

— Ouais. C'est dingue, hein ! s'est enflammé Jeremy. Mais dès que j'ai eu un fusil entre les mains, j'ai su m'en servir. Épauler, bloquer sa respiration, viser, appuyer sur la détente… J'ai tout de suite compris ce qu'il fallait faire, presque instinctivement, sans qu'on m'explique. Les premières fois, la plupart des autres ne mettaient pas une balle dans la cible, alors que moi j'y casais tout mon chargeur. Le sergent n'en revenait pas, il n'arrêtait pas de répéter que des types qui tiraient comme moi, il n'en avait pas vu souvent. C'est lui qui a décidé de m'orienter vers les Forces spéciales. Je vais faire du tir de précision, mais ce que j'aimerais vraiment, c'est décrocher le brevet de tireur d'élite, même si ce n'est pas à la portée de tout le monde. Je vais aussi sauter en parachute. C'est indispensable, quand on fait partie des Forces spéciales. Et puis…

— Et puis, a coupé p'pa, tu vas apprendre à poser des mines et à manipuler des explosifs, apprendre à descendre un type qui ne se doute de rien en visant pile entre les deux yeux et à interroger un prisonnier un peu trop rétif. Tu vas apprendre à tellement terroriser les gens qu'ils finiront par en pisser dans leur pantalon rien qu'en te voyant approcher…

Ses grosses mains de mécano broyaient toujours l'accoudoir. Plus sa voix s'assourdissait, plus celle de Jeremy devenait fluette.

— Mais p'pa…

— Mais quoi ? Quand tu as signé, c'était pour apprendre un métier, c'est bien ce que tu m'as dit, non ? Et là, Jeremy, ce sera quoi ton métier ? Tu feras quoi, le jour où l'armée te libérera ? Tueur à gages ? Mercenaire ? Tiens ! Regarde, c'est ça que tu cherches ?

Il a allumé la télé. La chaîne d'infos en continu. On est tombés sur la fin des pubs. Une fille de rêve plongeait dans l'eau d'un lagon bleu et en ressortait avec un flacon de shampooing ruisselant de gouttelettes. Et, presque sans transition, on a enchaîné sur des images de là-bas, des ruines fumantes, des voitures calcinées, des blessés qui titubaient, le visage en sang, et des gens qui s'affairaient autour de civières. Il faisait nuit et les flashes orangés des gyrophares palpitaient dans l'obscurité en projetant des ombres immenses. Le cameraman a zoomé sur une main ensanglantée et sans vie qui dépassait d'une couverture.

— Éteins ça, Frank, a soufflé m'man.
— Négatif! Faut que Jeremy sache ce qui l'attend.

Mais, d'office, m'man a appuyé sur la télécommande. Sans un mot, p'pa a boité jusqu'à la porte qu'il a claquée à toute volée tandis que Jeremy restait pétrifié dans son bel uniforme.

Côté accueil, il avait raison, c'était franchement minable. Les larmes aux yeux, je me suis réfugié dans le garage, j'ai allumé l'ampli et commencé à jouer la partie de basse de *Monkey gone to heaven*, un morceau des Pixies, le préféré de Jeremy. Si sa période d'instruction ne lui avait pas cramé tous les neurones, ça devait le faire venir aussi sûrement que le miel attirait les ours.

Il m'a rejoint quelques instants plus tard, habillé en normal. Jean, baskets, et son cuir râpé sur les épaules. Même si j'avais encore du mal à m'habituer à sa tête rasée, c'était de nouveau « mon » Jeremy. Il a branché sa guitare, s'est accordé et on a commencé à jouer.

There was a guy
An underwater guy who controlled the sea...

On a repris le refrain en braillant à tue-tête, comme s'il avait toujours été là. Comme si on reprenait un morceau joué la veille...
Le dernier accord est tombé.
— Ça va ! Tu n'es pas trop rouillé.
— C'est parce que tu l'as pris plus lentement que d'habitude.
Je mourais d'envie de lui parler de Marka.
— À propos, j'ai trouvé quelqu'un avec qui jouer, pendant que tu n'es pas là. C'est Marka, tu sais... Elle se débrouille vraiment bien.
Je ne pouvais pas lui dire qu'elle était mille fois meilleure que lui à la guitare. Sans parler de sa voix. Ni de son sourire, ni de ce que j'étais fou amoureux d'elle.

— La sœur de Jeff?
— Ouaip.

J'ai hoché la tête en gratouillant ma basse comme s'il s'agissait d'un truc sans grande importance.

— Il va devenir pontonnier, lui. Il a eu sa spécialisation.

— Tu regrettes?

— Je ne sais pas encore. Je ne crois pas. J'aime tirer. C'est magique, tu sais. Au début, la cible semble complètement inaccessible, bien trop loin pour que tu aies seulement l'idée de la tirer. Et puis tu colles l'œil au viseur et, soudain, elle est là, presque à portée de main. Tu ne bouges plus, tu n'es plus qu'un œil et un doigt, tu tires. Et piuwww! Dans la fraction de seconde qui suit, il ne reste plus rien. C'est comme dans un jeu, sauf que c'est vrai. À chaque tir, tu ressens une incroyable excitation. J'ai lu un truc, l'autre jour, sur des soldats indiens, des tireurs d'élite de l'armée canadienne. Je crois que c'était pendant la Première Guerre mondiale. Ils avaient un jeu. Ils alignaient des allumettes au soufre à une centaine de pas et il fallait que la balle frôle les allumettes juste assez pour les enflammer, sans les faire tomber. Ça paraît dingue, mais certains y parvenaient.

Il a enchaîné une série d'accords qui n'arrivaient pas à la cheville de ceux que Marka avait joués quelques jours plus tôt et a levé les yeux sur moi.

— Qu'est-ce qui lui prend, à p'pa ? Pourquoi est-ce qu'il est comme ça, à me rentrer dans le lard pour un oui, pour un non ?

— Il a peur. Peur que tu partes là-bas...

11

— Oskar! Oskar! Bouge-toi!

Il faisait nuit noire et Jeremy me secouait le bras. Il a allumé la lampe. J'ai cligné des yeux en grommelant.

— Ça va pas, non! Qu'est-ce qui te prend?

— Faut que je te dise quelque chose, Oskar.

— Mais tu sais quelle heure il est?

— T'occupe! Il faut que je te parle. Frank O'Neil, c'est lui.

— Lui qui?

— P'pa. C'est lui!

Je ne comprenais rien.

— Tu me réveilles en pleine nuit pour me dire que p'pa s'appelle Frank O'Neil! Tu es fêlé ou quoi? Ça fait seize ans que je le sais!

— Le tireur de Fort Carolina et p'pa, c'est le même bonhomme. Regarde ça!

Il m'a fourré sous le nez un cahier que j'ai aussitôt reconnu. C'était celui dont les faire-part de décès s'étaient échappés des années plus tôt, quand j'étais gamin.

— Si p'pa te surprend avec ça, il va te massacrer.

— Il dort. Regarde plutôt. Il nous a baratinés sur toute la ligne.

Il a ouvert le cahier et a commencé à le feuilleter, page à page. Rien que des photos aux couleurs délavées, certaines en noir et blanc. P'pa était dessus presque chaque fois. En tenue militaire.

— Celle-ci a été prise à Fort Carolina, a soufflé Jeremy, je reconnais les bâtiments.

P'pa, habillé en treillis, cigarette au bec, au milieu d'un groupe de jeunes types qui levaient la main en faisant le signe de la victoire. Le plus surprenant, c'était que, sur cette photo, il avait deux jambes en bon état. Jusque-là, j'avais toujours cru que son accident lui était arrivé alors qu'il était tout jeune, vers seize ou dix-sept ans. Quelques pages plus loin, on le voyait au stand de tir, allongé par terre, l'œil collé au viseur. Et sur le cliché d'à côté, ils étaient toute une bande, au garde-à-vous, l'arme au pied.

Jeremy a approché la photo de la lumière pour mieux l'examiner.

— Regarde son fusil.

Moi, je ne voyais pas trop de différence avec les autres, si ce n'est qu'une lunette de visée était fixée sur la crosse.

— C'est un M-40, a-t-il murmuré en connaisseur. Une arme de précision. Pas le genre de truc qu'on confie au premier venu. Je te le dis, Oskar, c'est sûr ! Ce tireur d'exception dont m'a parlé le sergent et p'pa ne font qu'un. C'est lui.

J'ai tenté de résister.

— Mais il n'a jamais rien dit. N'en a jamais parlé !... L'autre jour, il a même assuré que, sorti des vieilles bagnoles pourries, il ne connaissait rien à rien... Et puis il y a sa jambe, Jérem'. Le gars de la photo ressemble vachement à p'pa, c'est sûr, mais il y a un problème, c'est que celui-ci a les deux jambes en bon état...

— Possible. N'empêche que c'est p'pa.

On est restés à scruter la photo en silence. Impossible de nier l'évidence. Il s'agissait bien de lui, en plus jeune et en parfait état de marche.

Jeremy a tourné d'autres pages. La plupart du temps, il n'y avait aucune date, aucun nom de lieu. Juste la photo. Mais parfois on distinguait quelques mots au crayon, jetés à la hâte, presque illisibles.

Sur l'une d'elles, des hommes équipés de tout un barda de sacs et d'armes embarquaient dans le ventre d'un énorme avion. *10 juillet 1969 – Départ pour le Vietnam.*

Suivait une série de clichés sans doute pris dans l'avion. Des hommes assis dans la pénombre. Avec leur boule à zéro et leurs uniformes, ils se ressemblaient tous.

Changement de décor. Des rizières, soigneusement étagées, des soldats en short, des baraquements en tôle. Le Vietnam. Et p'pa. Mal rasé, l'air exténué, le casque de travers et l'uniforme plein de boue. *Septembre 1969 – Retour de mission.*

Et plus loin, toujours lui. En grand uniforme, à côté de grandma. *Janvier 1970 – Première permission.* La photo était prise chez grandma et ils avaient tous les deux le même air figé de statues de pierre. Par la fenêtre, derrière le sapin de Noël, on devinait les branches nues des arbres. Jeremy a posé le doigt sur un minuscule insigne agrafé sur l'uniforme de p'pa.

– L'écusson des SF ! Les Forces spéciales ! P'pa a fait partie des Forces spéciales ! Merde ! C'est pas vrai !

Il en avait des vibratos plein la voix. À côté de l'insigne des SF, on distinguait celui des paras et celui des tireurs d'élite. Sans savoir bien pourquoi, je me suis mis à trembler des pieds à la tête. Pourquoi est-ce que p'pa nous avait caché tout ça ?

Retour au Vietnam.

D'autres photos, toutes un peu semblables. Des groupes de soldats qui se tenaient par les épaules, les rues d'une ville, encombrées de gens et de vélos. Des visages qui semblaient pris au hasard. Des enfants qui rigolaient, des femmes qui se cachaient le visage avec les mains. Et puis une fille très belle, qui revenait souvent. Sur l'une des photos, elle donnait la main à p'pa et il la regardait. Un geste et un regard d'amoureux qui ne pouvaient tromper personne.

— Tu crois que c'était sa... sa copine ?

— On dirait bien, non ? Il n'a pas choisi la plus moche.

Je ne savais pas grand-chose de la guerre du Vietnam — rien, à vrai dire — et je ne comprenais pas ce que cette fille vietnamienne faisait avec mon père.

Jeremy a tourné une nouvelle page. Des militaires, encore et toujours. Avec quelques noms, ici ou là. Romero, Dan... L'une des photos nous a fait sursauter. Un homme étendu, les yeux fermés, comme s'il dormait. Sauf que, sur le côté gauche, on devinait une tache sombre. Presque noire. Ce type ne dormait pas. Il était mort. En dessous, au crayon : *Steeve, 27 février 1970.*

Un diplôme était glissé quelques pages plus loin. « Le haut commandement militaire accorde la Silver Star Medal au soldat "specialist" Frank O'Neil pour son acte de bravoure mené face à l'ennemi, dans des conditions particulièrement périlleuses, le 27 février 1970. »

Le jour de la mort de son copain…

– Tous les gars qui ont obtenu cette décoration l'exhibent comme un vrai trophée ! a assuré Jeremy. C'est dingue qu'on ne sache rien de tout ça !

Il a remis le diplôme à sa place et est passé à une autre page.

P'pa tenait un homme par le bras. Un Vietnamien dont les mains étaient attachées derrière le dos. Les vêtements en lambeaux, le visage tuméfié, plein de sang et la tête penchée sur le côté, comme s'il n'avait plus la force de la tenir droite, il ne restait debout que parce que p'pa le soutenait. Pas besoin de dessin pour comprendre que ce type venait de se faire tabasser. Pas besoin de dessin non plus pour comprendre qui était le tabasseur. Mais le pire, c'était le visage de p'pa. Il souriait. Un sourire de chasseur, fier de montrer le gibier qu'il vient de piéger.

— Merde alors, a fait Jeremy, la voix rauque.

Moi, je ne pouvais même plus dire un mot, le souffle coupé. Un gouffre vertigineux venait de s'ouvrir à mes pieds.

On est ensuite tombés sur des photos de villages détruits, ravagés par le feu. À demi masqué par les fumées qui s'élevaient un peu partout, un petit engin blindé pointait son canon vers les décombres. Au premier plan, des hommes patrouillaient, les armes à la main.

Nouvelle page.

Une photo de rizières prise de haut. Peut-être d'un hélico. Et puis p'pa, embusqué derrière un mur, l'œil collé à la lunette de son fusil, le doigt sur la détente, prêt à tirer. Ce n'était qu'une question de secondes. Une photo posée, ou bien avait-il vraiment quelqu'un dans sa ligne de mire ?

Et soudain, un visage tordu de douleur. Celui de p'pa sur une civière, le treillis maculé de sang à hauteur de sa jambe gauche, celle qui aujourd'hui était toute tordue. Elle semblait presque détachée du reste de son corps. *Quang Tri, 13 juillet 1970.*

— Sa jambe, Oskar ! Regarde ! L'histoire du garage,

c'est n'importe quoi ! Tout ce qu'il nous a raconté jusqu'à présent, c'est du pipeau ! Je ne peux pas le croire.

Le souffle court, je fixais tantôt le visage de p'pa, tantôt sa jambe. Il a presque fallu que Jeremy m'arrache de cette horreur pour tourner la dernière page. Il ne restait que quatre photos, dont trois prises dans un hôpital.

Sur la première, p'pa était étendu sur un chariot, efflanqué comme un chat, le regard fiévreux et la jambe prise dans un fatras effroyable de tiges métalliques qui lui sortaient directement de la chair. La deuxième photo le montrait sur une chaise roulante, la jambe tendue droit devant lui, soutenue par une potence. Même chaise roulante sur la troisième, mais cette fois à côté d'une infirmière qui lui tenait la main.

La dernière photo était prise chez grandma. P'pa, seul dans le salon, en civil, debout, s'appuyait sur des béquilles. Sa jambe gauche semblait bizarrement pendre de sa hanche sans parvenir à toucher le sol.

Le diplôme du Purple Heart – une décoration accordée aux soldats blessés ou tués sur le front – était glissé comme un buvard à la dernière page du cahier avec les faire-part de décès qui avaient valsé dans le cambouis quelques années plus tôt. On a lu les noms. Russel Nicolli, Kenneth Rush, Bruce Gibilterra, Gary Harrington, Fausto Cespedes, Steeve Koster, peut-être le Steeve de la photo...

Il y en avait plus d'une trentaine.

Jeremy a tout remis en place, il a fermé le cahier et on est restés un moment sans oser se regarder. J'entendais mon cœur cogner à toute allure. Le bruit d'une voiture qui filait sur la highway m'a fait sursauter.

– Tu l'as trouvé où, ce cahier ?

– Sur les étagères de l'atelier, planqué derrière de vieux bidons.

De nouveau, le silence a tissé sa toile autour de nous, comme pour nous piéger dans le secret de p'pa. L'idée que la vraie vie de notre père était ailleurs, quelque part dans son atelier, entre ses moteurs et ses photos du Vietnam, s'est peu à peu imposée. À la maison, il ne faisait jamais que jouer un rôle.

12

Jeremy se tenait sur le seuil de la maison, engoncé dans son uniforme et prêt à partir. M'man l'a embrassé une dernière fois en lui bourrant les poches de chocolat et les oreilles de conseils inutiles.

– Tu nous écriras, hein ? a-t-elle demandé pour la centième fois, et elle a filé retrouver ses bambins de l'école en jetant des coups d'œil par-dessus son épaule.

P'pa, lui, avalait son café brûlant comme si de rien n'était pendant que je l'observais à la dérobée.

C'était bien le même bonhomme qu'hier. La même tête mal rasée, les mêmes mains énormes et râpeuses («des mains d'égorgeur», disait parfois grandma), la même jambe à la traîne. Et pourtant, il n'avait rien de commun avec l'homme que j'avais quitté la veille. J'avais devant moi un inconnu. J'ai sursauté en sentant ses yeux se poser sur moi.

— Tu en fais une tête! On dirait que tu ne m'as jamais vu! Il y a quelque chose qui ne va pas?

— Non, non... Rien. Juste Jeremy qui va repartir.

Impensable de lui avouer qu'on avait fouillé dans ses affaires et qu'on y avait découvert ce qu'il nous cachait depuis toujours.

P'pa n'a jamais été très doué pour les embrassades. Il s'est contenté d'un petit signe à l'adresse de Jeremy avant de s'éloigner vers l'atelier de son dandinement de canard, et j'ai accompagné mon frère jusqu'au bus.

Mon ventre se nouait rien qu'à l'idée que j'allais me trouver seul face à p'pa et son secret.

— Mais comment je vais faire, Jeremy? Comment je vais faire pour seulement oser le regarder en face?

— Tu vas faire comme d'habitude, Oskar! Rien de plus. Au fond, qu'est-ce que ça change?

— Mais ça change tout! Tu le fais exprès ou quoi? P'pa n'est plus le même type qu'hier! L'amoureux des moteurs du troisième âge est devenu un ancien du Vietnam, un tireur d'élite, blessé pendant les combats, décoré comme une vitrine de Noël et capable de sourire en exhibant un pauvre gars tout barbouillé de sang. Pas un mot là-dessus depuis des années ! Pourquoi ? Tu le sais, toi ?

Jeremy se taisait. Une espèce de silence distant qui me donnait envie de l'engueuler.

– Facile de ne rien dire. Surtout quand on part ! Tu as le beau rôle, Jérem'.

Je me suis planté devant lui.

– Ce type sur la photo, le Vietnamien, tu crois vraiment que p'pa l'a… l'a torturé ?

– Je n'en sais rien, Oskar. On ferait mieux d'oublier ça.

– Trop tard pour oublier ! J'aurais préféré que tu ne trouves jamais ce cahier, Jérem'. Que tu le laisses là où il était et qu'on n'en sache rien.

Marka et son frère étaient déjà là, à attendre le car. Jeff n'avait pas, comme Jeremy, le petit chevron des soldats de première classe. Sans doute parce qu'il avait fait de la tôle. Il n'avait peut-être pas été foutu de mettre toutes ses balles dans la cible mais il allait apprendre à fabriquer des ponts, lui ! Sur ce point au moins, p'pa avait raison. Quant à Leon, il pouvait aussi faire une croix sur ses rêves de pontonnier. L'armée avait besoin de conducteurs de blindés et ne lui laissait pas le choix.

Jeremy s'est approché de Marka.

— Alors ?... Il paraît que tu es la reine de la guitare et que tu as une voix d'ange. Oskar ne parle plus que de toi.

Il s'est penché vers elle comme pour lui confier un secret :

— Si tu veux mon avis, il est pas mal amoureux.

J'ai viré au rouge écrevisse tandis qu'elle éclatait de rire. Mais à peine s'est-elle un peu éloignée que j'ai balancé mon poing dans les côtes de Jeremy. Il a poussé un glapissement d'animal, à mi-chemin entre la douleur et le fou rire.

— Merde, Jérem', occupe-toi de tes affaires, tu veux !

— Tu es du genre escargot, p'tit frère. À te réfugier au fond de ta coquille. Je te connais, si je ne fais pas la moitié du chemin pour toi, tu vas te morfondre pendant des semaines sans rien oser lui dire. Elle est belle comme un cœur, cette fille, et puis elle t'a proposé de venir jouer avec toi, non ? C'est que tu lui plais. Alors, je souffle un peu sur les braises. Avec les timides, c'est ce qu'il faut faire. Tiens ! Je te donne même l'emploi du temps des heures à venir. À respecter scrupuleusement ! Dès que j'aurai le dos tourné, propose-lui une petite balade. Tu lui prends la main, vous filez vers la rivière et tu l'embrasses une fois que vous serez sur le pont. Il n'y a pas plus romantique, comme coin. Je l'ai fait avec des milliers de filles !

— Ta gueule !

Il a rigolé en levant le doigt comme un prof de maths qui énonce un théorème particulièrement important.

— Tu as tort, p'tit frère. Crois-en ma longue expérience, il faut toujours écouter les conseils des anciens.

Le car arrivait, Jeremy m'a adressé un clin d'œil assez lourdingue avant de monter et j'ai haussé les épaules. Avec Marka, on est restés les derniers à le regarder rapetisser.

« Propose-lui une petite balade. Tu lui prends la main, vous filez vers la rivière et tu l'embrasses une fois que vous serez sur le pont. Il n'y a pas plus romantique, comme coin… » Imbécile, va ! Je n'avais pas envie d'embrasser des milliers de filles. Juste envie d'embrasser Marka, mais des milliers de fois.

Elle n'était qu'à deux pas de moi, et mes oreilles bourdonnaient comme celles d'un plongeur de grand fond. « Tu lui prends la main, vous filez vers la rivière et tu l'embrasses une fois que vous serez sur le pont. » Rien que d'y penser, ça me paralysait.

Comme si un autre parlait à ma place, je me suis entendu dire :

– Fais pas trop attention à ce que dit Jeremy, tu sais. Il raconte n'importe quoi.

Je me serais donné des claques ! J'étais l'abruti des abrutis ! Le roi des cons ! De nouveau, Marka a éclaté de rire.

– Il faut que je te laisse, Oskar ! J'ai promis à ma mère de faire des courses avec elle. On se voit toujours après-demain pour jouer ensemble ?

J'ai senti sa main sur mon épaule, sa joue contre la mienne et on s'est embrassés comme des copains. Comme des crétins. Ses lèvres à quelques centimètres des miennes. Autant dire à des années-lumière. « Et tu l'embrasses une fois que vous serez sur le pont… »

Je l'ai regardée s'éloigner, le moral en sous-sol. Mon père me mentait depuis des années, je n'avais pas embrassé Marka et Jeremy venait de repartir. Des milliers de filles qu'il avait embrassées sur le pont, ce salaud ! Et moi, même pas une seule, jamais. Et surtout pas Marka !

La vraie question, c'était de savoir si j'étais normal. À ma place, tous mes copains auraient déjà couru jusqu'au pont pour y filer le parfait amour.

Je devais d'ailleurs être le seul à ne jamais avoir embrassé une fille. J'étais peut-être trop moche, trop coincé, trop je ne sais quoi. Ou alors pas assez.

Je ne savais plus... La seule lueur à l'horizon, c'était ce rendez-vous avec Marka. Encore deux jours à tenir, et j'allais me retrouver à jouer avec elle. On avait commencé à travailler *San Andreas Fault*, une chanson de Natalie Merchant, une fille dont je n'avais jamais entendu parler mais que Marka adorait. La musique qu'elle aimait n'avait d'ailleurs pas grand-chose à voir avec celle que j'écoutais habituellement. Pas de riffs agressifs de guitare, pas de voix qui se déchirent, pas de sons saturés, pas de batterie qui se déchaîne... Rien de tout ça, mais c'était vachement beau. Et plus encore quand Marka chantait ! J'entendais déjà les sarcasmes de Jeremy : « Hé, p'tit frère, tu nous joues des berceuses maintenant... » Mais je n'en avais rien à foutre, de lui ! Rien du tout !

13

P'pa était dans le garage, enfourné sous le capot de cette ruine mécanique que le père de Leon s'obstinait à appeler une voiture, une Ford Escort qu'il avait réparée des centaines de fois et qui se dirigeait cahin-caha vers le cap des quatre cent mille kilomètres. À vrai dire, le rêve du père de Leon, c'était – avec l'aide de p'pa – d'atteindre le million de kilomètres pour figurer dans le *Livre des records*. Il espérait y parvenir en un peu moins de six ans à raison d'environ trois cents kilomètres par jour.

– Et ce jour-là, mon vieux Frank, ce sera la gloire. Je te promets qu'il y aura nos deux noms côte à côte.

En attendant, il faisait chaque jour ses trois cents kilomètres et engloutissait en essence les trois quarts de sa minuscule allocation chômage.

P'pa ne m'a pas entendu arriver. De derrière, sa jambe gauche faisait un drôle d'angle avec sa cuisse.

Je l'ai regardé travailler pendant un moment, superposant à l'homme que j'avais devant moi celui que j'avais vu sur la civière, le visage tordu de douleur. J'ai aussi repensé au visage en sang du Vietnamien et au sourire de p'pa.

— Besoin de quelque chose, Oskar ?

J'ai sursauté. Même à demi dévoré par un moteur, il savait que j'étais là. Il l'avait senti. C'était peut-être ça, un gars des Forces spéciales, un type qui ne baissait jamais la garde, toujours sur le qui-vive. Un type qui ne se laissait jamais surprendre et dont la survie ne tenait qu'à la vigilance. Ça ne s'oubliait pas, ces réflexes-là. Il allait falloir que je fasse gaffe. C'était déjà la seconde fois depuis ce matin qu'il me surprenait à le regarder avec un peu trop d'insistance.

— Non... je voulais juste te dire que... que Jeremy était bien parti.

P'pa a sorti la tête de sous l'Escort.

— Et pourquoi il serait mal parti ?

— C'était juste pour que tu saches...

J'ai filé à la maison. Non seulement j'étais le roi des abrutis mais, en plus, j'étais un menteur. Ça devait être de famille, ça aussi. Finalement, qu'est-ce qu'il faisait d'autre, p'pa, que nous mentir depuis des années ? Une histoire d'hérédité sans doute... Jeremy avait hérité de son aptitude au tir, et moi de son aptitude à mentir.

On ne peut pas tout avoir.

14

Quatre semaines que Jeremy était parti.

On ne recevait que de rares nouvelles de lui. Quelques mots jetés à la va-vite sur des bouts de papier chiffonnés et boueux que m'man conservait comme de vraies reliques dans un petit coffret en bois de santal qu'elle avait gardé de ses années babas cool.

Salut vous tous,

Je sors de mon 10e saut en parachute. Quel pied ! Je vais bientôt avoir mon brevet de para, 1er niveau.

Je vous embrasse.

Quatre semaines…

J'ai passé une bonne partie de ce temps-là à jouer à cache-cache avec p'pa, à filer dès que j'entendais son pas sur les graviers et à me réfugier dans ma chambre en attendant qu'il retourne dans son atelier. Je n'osais pas le regarder en face. Comme si, d'un simple coup d'œil, il avait pu deviner que je savais tout.

Mais Jeremy avait raison. Les habitudes ont vite repris le dessus. Je suis devenu de moins en moins vigilant et j'ai fini par reprendre ma place dans la petite comédie qu'on se jouait depuis toujours. En apparence, rien n'avait changé, sauf que, désormais, je savais que p'pa avait une face cachée. Une face que personne ne voyait jamais. Aussi secrète, inaccessible et mystérieuse que celle de la lune. Voilà des années qu'il faisait semblant d'être celui qu'il n'était pas. Et j'allais désormais faire semblant de ne pas savoir qu'un autre se cachait derrière ce masque qu'il montrait à tous. Chacun jouait avec la vérité et on s'arrangeait de nos petits mensonges.

Une question me taraudait quand même. Et m'man, là-dedans ? Elle qui répétait sans cesse à propos des bouts de chou de sa classe qu'avec eux, au moins, il n'y avait pas de tricherie. « Tout ce qu'ils ont sur le cœur, ils le disent... » Pourquoi avait-elle accepté pendant des années de nous cacher la véritable histoire de p'pa ?

Je me disais sans trop y croire qu'elle ne pouvait pas nous avoir menti sur toute la ligne.

Heureusement, il y avait Marka. Deux fois par semaine, elle venait me retrouver dans le garage avec sa guitare et ses sourires. On jouait ensemble jusqu'à la tombée de la nuit et plus rien d'autre ne comptait.

15
Novembre

C'était comme un frisson dans l'air, quelque chose d'infiniment excitant.

Il allait neiger…

Sous la neige, même les carcasses des anciennes usines finissaient par devenir belles, comme si toute cette blancheur était capable à elle seule de changer la face du monde. Mais m'man disait toujours que, ces jours-là, ses bambins étaient intenables.

Le téléphone a sonné et, d'instinct, on a immédiatement deviné que c'était Jeremy. P'pa lui-même s'est approché tout en faisant mine de bricoler je ne sais quoi. M'man a mis le haut-parleur et la voix de Jeremy nous est parvenue de très loin, un peu déformée. En fond sonore, on entendait des ordres aboyés et des bruits de semelles qui galopaient.

— Jeremy, mon chéri, alors comment vas-tu ?
— Affirmatif.
— Ça va bien, a traduit m'man.
— Tu n'es pas trop fatigué ?
Il a laissé échapper un rire.
— Ça, c'est une question qu'il vaut mieux ne pas trop se poser lorsqu'on est ici ! Mais ne t'inquiète pas.
— Tu pourras bientôt venir nous voir ?
— Négatif. Pour l'instant, ils ne donnent pas de perm. C'est boulot-boulot.

Il a laissé un petit moment de silence avant de reprendre.

— Bon. Je vous appelais juste pour vous entendre un peu, mais maintenant, il faut que je te laisse, m'man. C'est l'heure du rassemblement. T'embrasses tout le monde pour moi.

Affirmatif, négatif. Oui, non. Boulot-boulot... Jeremy ne fonctionnait plus qu'en binaire. Question vocabulaire, j'étais assez d'accord avec p'pa, l'armée n'était pas très enrichissante. Encore quelques mois comme ça et il ne parlerait plus qu'en morse !

— Tu nous manques, tu sais, mon chéri, a encore soufflé m'man. On aimerait te voir plus souvent.
— Je t'embrasse, a répété Jeremy. T'embrasses aussi p'pa et Oskar.

Elle a raccroché en essayant de sourire.

— En tout cas, ça ne le rend pas bavard !

— Comment veux-tu ? a fulminé p'pa. On ne leur demande pas de parler et encore moins de réfléchir, mais d'avoir les bons réflexes au bon moment. On les enferme pendant des mois comme des bêtes en cage. Ils passent leur temps à tirer, à sauter en parachute, à ramper dans la boue, à égorger des mannequins... Voilà tout ce que Jeremy apprend et, si ça continue, il...

— On dirait que tu as fait ça toute ta vie, ai-je coupé en prenant l'air le plus innocent du monde.

Le regard de p'pa s'est vrillé sur moi.

— Tout le monde sait comment ça se passe là-bas ! a-t-il grondé en se levant.

Je me suis collé le nez au carreau, la neige commençait à tomber à gros flocons et le paysage s'effaçait doucement. La highway et les usines ont disparu comme si rien de tout cela n'avait jamais existé et l'univers s'est rétréci au cocon de duvet blanc qui nous enserrait. J'ai suivi des yeux p'pa qui s'éloignait de la maison en clopinant. Il tanguait de droite à gauche comme un navire dans la tempête et, à chaque pas, sa jambe gauche s'échappait sur le côté, comme si elle tentait de mener sa propre vie, indépendante du reste de son corps. Je l'ai perdu de vue avant qu'il arrive à l'atelier, noyé dans la tourmente.

16

— Stop ! Stop ! Stop ! s'est exclamée Marka. Ça ne va pas du tout ! On est à côté. Faut reprendre au début du couplet.

On s'est arrêtés au beau milieu du morceau. Moi, je trouvais que ça balançait plutôt bien, mais Marka était du genre à ne rien laisser passer. Une perfectionniste de la musique, mille fois meilleure que moi et capable de rester des heures sur les mêmes mesures jusqu'à ce que tout soit impeccable. Elle n'a rien ajouté et j'ai bien senti que c'était moi qui m'étais planté.

On a donc repris, concentrés sur le début de ce couplet qu'on rejouait pour la millième fois.

Les premiers jours, le côté tatillon de Marka m'avait presque agacé. Ça changeait trop de ce qu'on faisait avec Jeremy ! Avec lui, on fonçait sans s'occuper de rien. On jouait comme des bourrins, juste ou pas, dans le tempo ou à côté, mais on jouait. Fort de préférence, et en comptant sur les décibels pour masquer nos défauts. Rien de tout ça avec Marka. Pendant des années, elle avait pris des cours de piano classique et de guitare, elle parlait de Bach ou de Chopin comme s'il s'agissait de vieux copains à elle et avait une oreille capable de repérer les moindres imperfections et les plus minuscules décalages. Mais, peu à peu, je me suis laissé prendre au jeu de la perfection.

Parfois, Marka s'approchait de moi pour me montrer un doigté nouveau ou un accord que je ne connaissais pas, et, la plupart du temps, je n'écoutais rien de ce qu'elle me disait, le cœur emballé par l'odeur toute proche de sa peau et la caresse de ses cheveux qui m'effleuraient la joue.

Jeremy serait mort de rire s'il avait appris que, malgré toutes les heures qu'on passait ensemble, Marka et moi, je n'avais pas encore réussi à me balader jusqu'au pont avec elle. Sans même parler de l'embrasser ! Avec la musique, c'était facile de s'appliquer, de reprendre, d'apprendre... Mais en amour, j'avais besoin d'une sérieuse mise à niveau !

*
* *

On a enfin terminé le couplet sans s'arrêter en plein milieu. Un exploit!

— Mais on était quand même un poil en retard sur la fin, a remarqué Marka.

Elle n'a pas précisé s'il s'agissait d'elle ou de moi, c'était sous-entendu...

— Ça veut dire qu'on recommence?

— Je crois bien que oui, a-t-elle fait avec un sourire éclatant.

On en était donc à la mille et unième reprise du couplet lorsque m'man est entrée en coup de vent. On s'est arrêtés net.

— Non, m'aman! Pas pendant qu'on joue!

— Oskar! C'est Jeremy! Il vient d'appeler. Il a une permission pour le 1er janvier!

17

À la télé, le présentateur des infos affichait le masque des mauvais jours. Un museau de chien fatigué, avec les yeux en portemanteau et les lèvres tombantes.

« Malgré les consignes de vigilance renforcée, plusieurs attaques-surprises au nord de la zone sécurisée ont fait au moins neuf victimes parmi nos troupes alors que six autres de nos *boys* trouvaient la mort dans l'explosion d'une bombe artisanale au passage de leur véhicule. Ce qui porte à quinze hommes nos pertes pour la journée d'hier. L'état-major a annoncé un renforcement des mesures de sécurité et la mise en place d'un plan d'action visant à neutraliser les dernières poches de résistance. Par ailleurs, le Président a confirmé que… »

Des voitures calcinées, encore fumantes, des flammes qui s'échappaient des décombres, des gens qui criaient, des civières, des corps blessés et tordus de douleur... L'image s'est resserrée sur le visage ensanglanté d'une femme tandis que, agrippée à ses vêtements, une gamine hurlait de terreur. Plus loin, des soldats, l'arme au poing, tentaient de repousser la foule pour faire place aux ambulances. Ou peut-être pour éviter que leur colère dégénère, on ne savait pas. Certains tendaient le poing et d'autres invectivaient les soldats. Où que porte le regard, on ne voyait que des gravats, des immeubles lézardés et les éclats palpitants des gyrophares sur les décombres... Les mêmes images revenaient chaque jour, presque interchangeables.

— Éteins ça, Frank, a frissonné m'man. Je ne supporte plus toutes ces horreurs.

Sa voix tremblait. P'pa a appuyé sur la télécommande et s'est collé le nez au carreau. Dehors, la neige tombait toujours et étouffait tout sous son silence.

18
31 décembre

Jeremy n'allait plus tarder.

Plus de treize semaines qu'il n'avait pas remis les pieds à la maison.

M'man n'avait lésiné ni sur les bougies ni sur les guirlandes et la maison scintillait jusque dans l'atelier de p'pa. Un feu ronflait dans le gros poêle, des parfums de crumble aux prunes et de biscuits à la cannelle s'échappaient de la cuisine, et p'pa s'était à moitié ruiné pour acheter une bouteille de champagne français. Tout y était. Y compris la neige qui s'était remise à dégringoler en début d'après-midi. Un vrai décor de conte de Noël, même si on était le 31 décembre ! Grandma était arrivée quelques jours plus tôt, au volant de sa vieille Buick, une voiture tellement cabossée qu'il était presque impossible de savoir à quoi elle avait bien pu ressembler à l'origine. Elle avait déboulé comme d'habitude, vêtue d'un ensemble rose vif extravagant et les bras chargés de cadeaux empaquetés avec les rubans qu'elle récupérait d'une année sur l'autre, de moins en moins brillants chaque fois.

Les paquets de Jeremy l'attendaient, empilés au pied du sapin qui clignotait à n'en pas finir. Je lui offrais exactement ce que j'avais offert aux parents et à grandma, un CD des cinq chansons qu'on avait enregistrées avec Marka. Tirage mondial exceptionnel, limité à sept exemplaires !

On s'était débrouillés avec les moyens du bord, enregistrements bricolés dans le garage et gravage à l'ancienne, sur mon ordinateur à bout de souffle. Verdict de Marka : une mise en place correcte («Mais on devrait pouvoir faire mille fois mieux, Oskar!») saccagée par un son épouvantable. Elle n'avait pas tort, n'empêche que le résultat était là et que je n'en revenais pas qu'on ait fait ça à nous deux.

Rien qu'elle et moi.

J'étais surtout assez fier de la pochette que je ne me lassais pas de regarder. Un véritable travail d'orfèvre, avec nos deux noms entrelacés.

```
         O
       M   S
      MARKA
       R   A
      OSKAR
         A
```

Grandma l'avait regardée avec un sourire en coin.

– Dis donc, mon petit Oskar, tu ne serais pas un peu amoureux de cette fille, des fois ?

19

Dehors, la neige a crissé...

M'man s'est précipitée. Le froid s'est engouffré d'un coup, en même temps qu'une volée de neige. Jeremy a laissé son gros sac tomber par terre pour serrer m'man contre lui, puis p'pa, et enfin grandma, qui s'est à moitié étouffée de rire lorsqu'il l'a soulevée de terre comme un fétu.

— C'est que tu es un beau jeune homme maintenant, a-t-elle fait en le détaillant de la tête aux pieds. Et puis l'uniforme te va bien. Je te préfère comme ça plutôt qu'avec ces grands cheveux qui te pendouillaient de partout ! Ça ne ressemblait à rien. Mais là...

Treize semaines qu'on attendait ce moment !

— Alors, p'tit frère ?

Il m'a écrabouillé entre ses bras, façon King Kong. Pas de doute, il avait changé. Ce Jeremy-là était dur et musclé, charpenté comme jamais. Peut-être même qu'il était effectivement capable de terrasser un ours à mains nues. D'ailleurs, elles avaient triplé de volume et ressemblaient presque à celles de p'pa. Il a regardé autour de lui comme pour vérifier que rien n'avait changé.

– Ça sent rudement bon !

Il a fait le tour de la pièce et a tripoté sa photo sur le meuble avant de filer ouvrir le four...

– Un crumble aux prunes ! M'man, tu es géniale.

Ses lunettes en demi-lune sur le bout du nez, p'pa s'est penché sur les nouveaux insignes épinglés sur l'uniforme de Jérem'.

– Bon, alors explique-moi ce que c'est que toute cette quincaillerie.

Il jouait l'imbécile avec un naturel parfait et Jeremy est entré dans son jeu.

– Celui-là, c'est mon brevet de parachutiste. J'en suis à plus de quarante sauts. À côté, c'est le brevet de close-combat, et celui-ci – un aigle surmonté d'un chevron –, c'est mon grade de spécialiste.

– Spécialiste en...

– En tir, p'pa ! Tireur d'élite, si tu préfères. Comme l'autre, tu sais...

P'pa s'est contenté d'un coup d'œil par-dessus ses lunettes.

— L'autre quoi ?

— L'autre Frank O'Neil, tu te rappelles ?

— Ah oui ! Mon presque jumeau ! Je l'avais oublié, celui-là !

Tir et mentir, mon petit papa... À quel jeu jouait-il ?

Jeremy a déballé ses cadeaux, un peu gêné d'arriver les mains vides.

— Je suis désolé, mais Fort Carolina, ce n'est pas vraiment le coin pour faire ses emplettes de Noël...

Il m'a adressé un clin d'œil en regardant le CD.

— Pas mal, la pochette ! Alors ? Ça y est ?

— Tu vois. Un CD magnifique, extrêmement rare ! Il n'existe qu'en sept exemplaires numérotés. Conserve-le bien. Dans quelques années, on se l'arrachera à prix d'or !

— Mais pour le reste, ça y est aussi ?

— Je t'en pose, des questions, monsieur le spécialiste ?

— Faudra qu'on en reparle, a-t-il rigolé en se reportant vers les autres paquets qui l'attendaient.

Celui de grandma ne contenait que des romans d'amour aux titres cucul la praline. *Un inconnu* *troublant*, *Les Baisers du mensonge*, *Un millionnaire trop attirant*…* Elle a laissé échapper un rire.

— Je les ai tous lus. Bien entendu, je ne t'ai choisi que les meilleurs. À ton âge, il est temps que tu te mettes au courant des choses de l'amour, parce que, d'après moi, tu vas faire chavirer les cœurs. Et je m'y connais !

Chavirer les cœurs ! Ma pauvre grandma ! Mais Jeremy était d'ores et déjà un véritable naufrageur ! Des milliers de filles qu'il avait embrassées sur le pont ! Des milliers !

— Et puis, quand tu seras là-bas, tu en auras besoin pour te remonter le moral.

Pendant une fraction de seconde, tout le monde s'est figé, mais personne n'a moufté. Personne n'a relevé. Personne n'a osé demander à grandma ce que c'était que ce « là-bas » dont elle parlait. Jeremy a feuilleté l'un des romans, un sourire aux lèvres, avant de l'embrasser.

— Merci, grandma. C'est vraiment le genre de bouquins que j'adore…

Elle en frétillait de bonheur dans sa robe fuchsia.

Non, mais quel sale menteur, ce Jeremy ! C'est à peine s'il ouvrait un livre par an, pour le refermer en bâillant au bout de dix pages ! Tout ce qu'il lisait, c'étaient des magazines de rock, et encore ! La plupart du temps, il se contentait de regarder les photos !

— Et tu sais, mon petit Jeremy, a-t-elle chuchoté assez fort pour que tout le monde l'entende. Ce que j'ai appris sur l'amour, je l'ai lu dans ces livres. Même ton grand-père n'en savait pas le quart avant de me rencontrer.

Le repas a été plutôt bizarre. Comme si chacun éprouvait soudain le besoin de forcer son rôle et d'en faire trop.

M'man parlait trop. Comme pour s'étourdir. P'pa jouait trop bien son rôle de grognon de service. Jeremy restait trop sanglé dans son uniforme et racontait trop ses sauts en parachute. « On ne peut pas l'imaginer, Oskar, faut le vivre ! Tu tombes comme une pierre et tu laisses tes tripes accrochées aux nuages !... » Grandma s'est trop enfermée dans son rôle de vieille dame à côté de la plaque tandis que, de mon côté, je jouais trop au petit rigolo. Mais, sur ce qu'allait faire Jeremy maintenant qu'il avait fini sa spécialisation, pas un mot ! On prenait tellement garde à ne pas aborder le sujet que ça en devenait ridicule.

Minuit a sonné, l'heure des grandes embrassades.

Dehors, les klaxons se sont déchaînés tandis que des rafales de pétards crépitaient dans la neige.

— Bonne année, mes chéris, a fait grandma en glissant dans nos poches, comme chaque année, ce qu'elle appelait un « petit billet ».

— Bonne année, grandma... Merci !

Jeremy m'a agrippé par les épaules.

— Bonne année, frangin. Et tu sais ce que je te souhaite...

Il a lancé un clin d'œil plutôt lourdingue en direction du CD.

— Si tu en parles encore une fois, je t'arrache tous tes galons et tes insignes à la con !

— Je ne comprends pas ce que tu attends ! Un autre va finir par te la souffler ! C'est sûr.

Je lui ai attrapé ses insignes à pleine main.

— Un mot de plus et je te dégrade !

P'pa a débouché sa bouteille de champagne français pendant que, dehors, ça pétaradait et ça klaxonnait à qui mieux mieux. Pour la première fois de ma vie, j'ai trempé les lèvres dans une coupe de champagne, vaguement étonné que ce truc à bulles coûte aussi cher. En fait, ce n'était rien que du Coca, en plus pisseux et en moins sucré. Mais tout le monde avait l'air de trouver ça du dernier raffinement et je m'en serais voulu de jouer les rabat-joie. Jeremy éclatait de rire au moindre mot de m'man et buvait certainement trop de champagne pour un tireur d'élite.

Je l'ai soudain vu prendre une inspiration de sportif avant l'effort.

— Au fait, je ne vous ai pas dit, a-t-il lancé comme s'il venait de se rappeler un truc sans grande importance.

Mais personne n'a été dupe. M'man s'est tue et on l'a tous fixé pendant qu'il sortait une enveloppe de sa poche et en tirait un papier à l'en-tête du Département de la Défense.

« Le soldat spécialiste de première classe Jeremy O'Neil est définitivement affecté à la compagnie Sygma du 3e bataillon du 504e régiment de parachutistes de la 82e division aéroportée », a lu Jeremy d'une traite.

— Quant à ce que je vais faire cette année...

Il avait un drôle de sourire en dépliant la seconde feuille.

— C'est... c'est mon ordre de mission. Je dois rejoindre mon unité là où elle est en ce moment...

Il a attendu un peu. On était tous suspendus à ses lèvres, mais on savait déjà ce qu'on allait entendre.

– En clair, je pars là-bas.

M'man a fondu en larmes, le visage enfoui dans ses mains, les épaules secouées de soubresauts.

– Je le savais, je le savais !

Jeremy lui a passé le bras autour du cou.

– Mais on y est juste pour des opérations de maintien de l'ordre, m'man. Juste pour assurer la paix et la sécurité, garantir la liberté des gens. Rien d'autre…

– Et tu pars quand ? a demandé p'pa, la voix sourde.

– Dans cinq jours.

– À ton âge, a fait grandma, c'est bien de voir du pays. Moi, je regrette de ne pas avoir assez voyagé.

Et, les yeux rêveurs, elle a plongé les lèvres dans sa flûte de champagne.

20

Jeremy part demain. Faut pas que je pleure.

Ces deux petites saletés de phrases tournoyaient en moi sans me laisser une seconde de repos. Elles se cognaient et s'entrechoquaient à l'intérieur de mon crâne comme des oiseaux affolés.

Jeremy part demain. Faut pas que je pleure. Jeremy part demain. Faut pas que je pleure. Faut pas que je pleure... Pas que je pleure... Pas que je pleure...

Ça a cédé d'un coup, comme une digue qui craque. Je me suis mis à chialer. Un véritable déluge ! La crue du siècle ! Je sanglotais comme un gamin, sans parvenir à m'arrêter...

Et Jeremy qui partait demain.

Je me suis essuyé les yeux, le nez plein de morve, tandis que les petites serpillières trempées de mes mouchoirs s'accumulaient dans ma poubelle. On aurait dû prévoir tout ça et en commander un wagon. Nos provisions n'allaient jamais suffire à éponger tout ce qu'on pleurait dans cette maison.

C'était dingue, toutes ces larmes. Presque inquiétant. Au rythme où elles dévalaient le long de mes joues, il ne m'en resterait plus une seule pour quand Jerem' partirait avec son gros sac, son bel uniforme et ses insignes merdiques. Il se retrouverait face à un frangin asséché, lyophilisé, sec et dur comme un grain de café... Et c'était tant mieux. Au moins, il partirait sans me voir faire la «soupe à la grimace», l'une des expressions favorites de grandma.

Grandma! Elle était bien la seule à faire comme si de rien n'était. La veille au soir, à la fin du dîner, elle avait déclaré qu'il ne fallait pas s'inquiéter et que, de toute façon, elle faisait confiance au Président. «Un bien bel homme», a-t-elle ajouté en se calant au fond du fauteuil le plus confortable de la maison. Et elle n'a plus levé les yeux de *Tendre Passion pour une inconnue.*

Sur la mappemonde qu'elle m'avait offerte pour mes dix ans, ce n'était pas compliqué, Jeremy partait de l'autre côté de la Terre, presque exactement aux antipodes. Il ne nous restait qu'à percer un tunnel de quelques milliers de kilomètres droit devant pour nous retrouver nez à nez.

En bas, m'man s'activait pour le dernier dîner. Non ! Il fallait absolument que j'arrête avec cette histoire de « dernier truc » et « dernier machin »... Donc m'man s'activait pour le dîner. Un vrai bon repas, avec tout ce qu'aimait Jeremy et, bien sûr, l'inévitable crumble aux prunes. Elle pleurait aussi, c'était sûr. J'espérais seulement qu'elle ne s'épanche pas trop dans le crumble.

Quant à p'pa, il avait disparu dans son atelier en début d'après-midi et on ne l'avait pas revu depuis. Il mettait un point d'honneur à rester sec. Du moins à l'extérieur, mais je l'imaginais trempé de l'intérieur, à deux doigts de déborder tout en fourrageant dans je ne sais quel moteur.

On a passé cette journée à s'éviter, tous autant qu'on était. La maison n'est pourtant pas si grande, mais on a tout fait pour se planquer chacun dans son coin. Chacun recroquevillé dans sa coquille. Coquille de cambouis pour p'pa, coquille de crumble pour m'man, coquille des derniers préparatifs pour Jeremy – encore ce foutu « dernier » ! – et coquille des romans d'amour pour grandma. Quant à moi, ma coquille, c'était ma chambre. Je me suis posté devant la fenêtre. Au-dehors, la neige recouvrait tout, et mes pensées divaguaient à leur gré, de Jeremy à Marka.

On s'était vus quelques jours plus tôt et l'atmosphère n'était pas plus à la joie chez eux que chez nous. Pontonnier ou pas, Jeff partait aussi là-bas. Et, pour faire bonne mesure, Leon était du voyage. La différence, c'est que Jeff, lui, avait demandé à partir. Il était engagé volontaire. À cause de la prime. Jeremy et Leon allaient également toucher un joli paquet d'argent, mais ils ne voulaient pas dire combien.

– Secret, p'tit frère ! Sinon, tu vas passer tout le temps qui nous reste à essayer de me le piquer.

*
* *

Les yeux encore brouillés, j'ai regardé la photo punaisée au mur, une photo de Jeremy et moi lors de notre dernier – et pour l'instant unique – concert, l'été précédent. Une véritable photo de rock stars, parue le lendemain dans le journal local.

Jeremy s'accrochait à sa guitare, avec tout son attirail rock, cheveux longs, lunettes noires et blouson de cuir clouté sur les épaules. Moi, comme tous les bassistes, je me tenais en retrait, discret, un bandeau rouge autour de la tête. Sur le côté, on devinait les enceintes, les rampes de spots et, plus loin, assez flous, les spectateurs. Je ne sais pas comment le photographe s'était débrouillé, mais on avait l'impression que, ce soir-là, ils étaient des milliers à être venus nous écouter. En réalité, il s'agissait du concert de fin d'année du lycée, sur le terrain de sport, juste à côté, et il ne devait pas y avoir plus de deux ou trois cents personnes. Chacun des groupes pouvait jouer trois morceaux. On avait choisi l'une des chansons de Jeremy, une reprise d'Offspring et une des Pixies. Malgré l'absence d'un batteur et d'une seconde guitare, on ne s'en était pas mal sortis, les gens avaient applaudi, sifflé, hurlé et même réclamé un bis.

Avec Marka, on s'était déjà inscrits pour cette année. Et si Jeremy était de retour à temps, on se débrouillerait pour lui faire une petite place. Mais ça, je n'en avais pas touché le premier mot à Marka. À cause de son côté perfectionniste.

21

Jeremy allait partir.

Lui et pas mal d'autres.

Malgré le froid de loup, les parents étaient tous là, à battre des semelles en attendant le départ du car. Il y avait aussi des grands-parents, des frères et sœurs, des oncles, des tantes, des cousins-cousines, des copains-copines…

Et tout ce monde gelait sur place dans un sacré mélange d'yeux rouges, de reniflements, de visages bouffis et de mouchoirs en papier. Jeff, Marka et leur mère étaient déjà là quand on est arrivés, et d'autres copains du lycée, qui accompagnaient leurs frères, y compris ce crétin de Michael, planqué derrière ses lunettes noires alors qu'il faisait à peine jour. Mais, malgré tout, je voyais bien qu'il ne cessait de loucher sur Marka et sur le petit groupe qu'on formait. Leon est arrivé en conduisant lui-même la Ford Escort familiale.

Même p'pa s'est décidé à venir au dernier moment, alors qu'il s'apprêtait à plonger sous le capot d'une Dodge Dakota. On a su plus tard que grandma l'avait délogé de son atelier et poussé à venir. Ils sont apparus tous les deux, lui engoncé dans sa vieille canadienne graisseuse et elle dans une ahurissante combinaison d'hiver jaune fluo assortie d'une écharpe orange. Le genre de fringues que seule grandma osait porter.

Les haleines fumaient dans le froid et le moteur du car tournait en lâchant de temps à autre un pet noir de gasoil. Le chauffeur a ouvert les coffres à bagages.

– Allez, les gars ! Faut y aller !

Ils ont entassé leurs sacs mais personne ne se décidait à monter.

– Allez, les gars, a répété le chauffeur.

– On va revenir tout bronzés, a lancé Jeremy. Il paraît que là-bas il fait 40 °C !

On s'est tous efforcés de sourire, mais le cœur n'y était pas.

– Tiens Jerem' ! C'est pour toi…

Je lui ai glissé dans la main le lecteur MP3 que je venais d'acheter avec le « petit billet » de grandma. En plus de ses morceaux préférés, j'y avais enregistré nos cinq chansons.

— Mais ça ne va pas, Oskar ! Je ne peux pas accepter !

— Ne t'inquiète pas ! Moi, j'ai de quoi écouter tout ce que je veux. Il paraît que, là-bas, la nuit tombe tôt. Il faudra bien que tu occupes tes longues soirées. Tu vas t'en mettre plein les oreilles à ma santé. Et puis je...

Je me suis arrêté, incapable d'aller plus loin. Un mot de plus et j'éclatais en sanglots. Jeremy est monté dans le car, Jeff s'est assis à côté de lui et Leon juste derrière. Aucun des trois ne faisait le malin, pas plus que nous. Au moment où le car démarrait, il m'a soudain semblé que j'avais déjà vécu ce moment-là, il y avait très longtemps de ça. Le même car, les mêmes sourires figés derrière les vitres, le même froid... J'étais incapable de me rappeler quand et où, mais, tout au fond de moi, je retrouvais cette même sensation d'abandon. Comme si une partie de moi venait de s'arracher.

Le car s'est éloigné. Il a rapetissé jusqu'à n'être plus qu'une petite tache noire sur l'horizon blanc de neige. Jeremy était parti.

Les gens sont rentrés chez eux en petits groupes frissonnants et Marka s'est glissée à côté de moi.

— On fait un tour ?

22

Le pont ! Marka m'entraînait vers le pont ! Et plus on s'en approchait, plus j'enfouissais les mains au fond de mon vieil anorak ! Alors que j'aurais dû lui passer le bras autour du cou, lui prendre la main et trouver des milliers de mots à lui dire.

On s'est arrêtés au milieu du pont. À nos pieds, l'eau courait avec un bruit de gravier, épaisse et pâteuse comme une bouillie, presque gelée. Dans les bouquins de grandma, dans n'importe quel film ou dans le pire des feuilletons télé, c'était le moment idéal pour s'embrasser. Cadrage resserré sur les visages avec, en arrière-plan, la neige des berges et la grisaille du ciel… Mais, dans la réalité, les choses étaient plus compliquées. Le cœur battant, je suis parvenu à extraire les mains de mes poches, j'étais si près de Marka que j'entendais son souffle. De petits nuages de buée s'échappaient de ses lèvres. De profil, je l'ai vue sourire. J'ai posé la main sur son épaule, le souffle court, les tempes bourdonnantes… Mon cœur s'est emballé.

Et soudain, quelqu'un l'a appelée.

— Marka, Marka !

J'ai bondi comme si on m'avait surpris à piquer dans un portefeuille. C'était sa mère ! Elle arrivait vers nous et j'aurais tout donné pour disparaître et me fondre dans toute cette blancheur qui nous entourait.

— Je n'arrive pas tout à fait au bon moment, hein… Je suis désolée.

Elle a esquissé un sourire contrit et a allumé une cigarette. Ses mains tremblaient un peu.

— Mais Marka, s'il te plaît, je n'ai pas envie de me retrouver seule à la maison. Pas un jour comme aujourd'hui. Vous vous verrez une autre fois, hein, Oskar ?…

De nouveau, elle a souri.

— Tu ne m'en veux pas de te la prendre ? Ce sera pour un autre jour.

Les oreilles en feu et les paumes moites, j'ai bafouillé que oui, bien sûr, ce n'était pas très important. Il faisait - 10 °C, peut-être même plus froid, mais jamais je n'avais eu si chaud. Tout à côté de moi, Marka était à deux doigts d'exploser de rire.

– Sûr qu'on reparlera de tout ça une autre fois, pas vrai, Oskar?

Elle m'a glissé un sourire, suivi d'un minuscule baiser sur la joue avant de s'éloigner bras dessus, bras dessous avec sa mère. Elle s'est retournée un peu plus loin et m'a encore adressé un petit geste.

– À demain!

Mes doigts se sont posés à l'endroit où Marka venait de m'embrasser. Je ne savais plus très bien où j'en étais. L'espace de quelques secondes, j'avais totalement oublié le départ de Jeremy.

Cette fille avait le pouvoir de rendre la vie incroyablement légère.

23

« Existe-t-il une valeur de x unique pour laquelle les expressions A et B sont égales à zéro ? »

M. Jakobson, notre prof de maths, avait un vrai talent pour poser les bonnes questions.

Histoire de ne pas rendre une page blanche, j'ai aligné quelques chiffres et quelques x et y sans queue ni tête avant de poser mon stylo.

M'man était encore avec ses bambins. Depuis le départ de Jeremy, elle rentrait de plus en plus tard de l'école. Quant à p'pa, pour ne pas changer, il était dans son atelier. Il y filait dès le matin, fermait la porte, allumait le poêle et restait seul, en tête-à-tête avec ses moteurs. Par moments, le bruit des outils s'arrêtait. Peut-être qu'il pensait alors à Jeremy, à moins qu'il ne regarde son cahier de photos.

Mes yeux sont retombés sur ma feuille.

« Existe-t-il une valeur de x unique pour laquelle les expressions A et B sont égales à zéro ? »

J'ai jeté tout ce bazar à la poubelle. M. Jakobson pouvait se les garder, ses expressions A et B. Dix jours que Jeremy était parti et toujours pas de nouvelles. Rien que du normal, assurait Mme Capelli, dont le fils était parti là-bas un an plus tôt. Au début, il faut qu'ils s'adaptent... Et elle ajoutait avec un peu d'humidité au coin des yeux : « Et puis il leur faut aussi du temps au retour... » Depuis qu'il était revenu de là-bas, Sergio Capelli n'avait pas dû sortir plus de dix fois de chez lui. Il restait enfermé des journées entières, vautré devant sa console de jeux, à boire des bières et à boulotter des cacahuètes sans parler à personne.

Grandma était en bas, assoupie dans un fauteuil, son roman tombé par terre. Elle ne se décidait pas à rentrer chez elle.

— Pas avant d'avoir des nouvelles de Jeremy, en tout cas. Et puis je me sens bien, ici...

J'ai ouvert son bouquin au hasard. « Erika pencha la tête, entraînant dans le même geste un flot de boucles brunes qui dévoilèrent sa nuque nacrée. John s'approcha d'elle en frémissant, incapable de détacher ses yeux de la douceur de cette peau qu'il entrevoyait. Il posa la main sur ses épaules et l'attira contre lui, enivré par le parfum de la jeune femme. Incapable de résister, elle lui tendit passionnément ses lèvres. "Oh ! John", murmura-t-elle... »

Les yeux fermés, j'ai tenté un moment de me substituer à John et d'imaginer la même scène avec Marka, mais ça ne marchait pas très bien. Grandma a ouvert un œil. Ses bracelets ont cliqueté contre ses poignets.

– Ça ne se passe jamais comme ça dans la vraie vie, Oskar... Jamais ! Généralement, c'est beaucoup mieux dans les livres. Mais on peut quand même y pêcher quelques idées intéressantes ici ou là.

Elle s'est redressée et a défroissé sa robe mauve.

– Marka, c'est bien cette petite que j'ai aperçue le jour du départ de Jeremy, n'est-ce pas ? Je vous ai vus partir ensemble.

Elle s'est mise à rire.

– Ne crois surtout pas que je me moque. Au contraire, je t'envie. Moi, il ne me reste plus que les livres. Jamais plus un homme ne me regardera comme tu la regardais. Tu en es amoureux fou, ça se voit comme le nez au milieu de la figure.

Tant qu'à faire, j'aurais aimé qu'elle décrypte

aussi ce qui se passait en Marka, mais elle s'est contentée de me souffler :

– N'hésite surtout pas à m'en parler, mon petit Oskar. J'adore les histoires d'amour !

Entre Jeremy et grandma, j'avais des entraîneurs olympiques !

24

La télé passait un reportage sur nos *boys* partis là-bas. On s'est agglutinés devant l'écran, p'pa, m'man, grandma et moi. La fille au shampooing, toujours aussi fraîche et ruisselante, s'est éclipsée pour laisser place à un générique tapageur et on s'est retrouvés dans le camp de… (On n'a pas réussi à se mettre d'accord sur le nom prononcé par le journaliste.) Des baraquements de tôle alignés à perte de vue aux portes du désert. Des gradés au ton posé, planqués derrière leurs lunettes métallisées. Dans leur dos, des militaires s'activaient autour d'une colonne de blindés légers. Le vent soulevait des voiles de poussière ocre. On regardait de tous nos yeux, on scrutait chaque visage, chaque silhouette, à la recherche de Jeremy, de Jeff ou de Leon. Sait-on jamais ?…

— Il n'y a pas une chance sur mille pour qu'on les voie, a grogné p'pa, histoire de jouer les blasés.

Mais il ne quittait pas l'écran des yeux.

Départ d'une patrouille. La 127. Un soldat a embrassé un minuscule nounours en peluche avant de le tendre à la caméra : « Je vous présente Nestor. Ma fille me l'a donné avant que je parte et, depuis, c'est mon petit protecteur. Avec Nestor, rien à craindre ! » Il l'a encore embrassé et s'est engouffré dans un Humvee en faisant le V de la victoire. Le même geste que sur la photo de p'pa avec ses copains. Un autre type a brandi son M-16 devant l'objectif en rigolant : « Question protection, je préfère ça ! » Le Humvee s'est éloigné dans un nuage de poussière tandis que le journaliste précisait que, « pour des raisons de sécurité », il n'avait pas eu l'autorisation d'accompagner la patrouille 127 en dehors du campement.

Retour de la patrouille 127. Allongé sur son lit, l'homme au nounours gratouillait sur sa guitare une version assez personnelle d'*Old Man*, une chanson de Neil Young. Au-dessus de sa tête, le nounours oscillait doucement d'un côté et de l'autre, près d'une photo de sa fille punaisée au mur.

— On a tous nos gri-gri, a souri l'homme, et ici, tout est bon pour s'en sortir. Mais je crois que Nestor est le plus efficace.

Un atlas ouvert à même le tapis, on tentait de comprendre où ça se passait. On l'avait tellement regardé depuis le départ de Jeremy qu'il s'ouvrait désormais de lui-même à la bonne page. Mais les noms de la télé ne correspondaient jamais. À croire qu'on ne parlait pas des mêmes coins.

Le reportage s'est poursuivi en pleine ville, au milieu de la foule, dans la zone sécurisée «Alpha 2», inconnue de notre atlas. Cette fois, le journaliste avait l'autorisation d'accompagner la patrouille 127. De part et d'autre, les rues étaient bordées d'immeubles à demi effondrés et balayées en permanence par cette même poussière ocre que le vent soulevait en rafales. Des gamins nu-pieds cavalaient derrière le véhicule blindé des soldats dans l'espoir de ramasser des chewing-gums ou des stylos à bille. Le Humvee s'est enfoncé dans ce que le journaliste a appelé une «zone en voie de sécurisation». «Suivez bien le trajet de cette camionnette», a soudain ordonné la voix grave du présentateur. Elle est apparue sur l'écran, au centre d'un cercle rouge alors qu'elle remontait une large avenue encombrée de piétons et de voitures. On l'a vue se frayer lentement un chemin entre les autres véhicules et l'explosion s'est produite à l'instant exact où elle atteignait un carrefour grouillant de monde. Le craquement sec de la déflagration s'est répercuté le long des façades délabrées. M'man a poussé un cri. La caméra a chancelé et valdingué, pendant quelques instants, on a aperçu une traînée de ciel surchauffé, des visages flous et effarés, des jambes, des bras... Et puis l'image s'est de nouveau stabilisée pour cadrer la camionnette en flammes. Au travers de la fumée noire qui s'en échappait, on distinguait vaguement une silhouette humaine affalée sur le volant. Les cris affolés de la foule résonnaient de partout.

– Ce jour-là, a continué le journaliste, les hommes de la patrouille 127 ont eu de la chance. Personne ne saura jamais si le conducteur de cette camionnette a voulu...

M'man s'est détournée, mais p'pa restait figé devant l'écran, les yeux écarquillés, pâle comme un mort et le visage luisant de sueur.

– Avec leurs films, a fait grandma d'une petite voix posée, on ne sait jamais si c'est vrai ou non. Il y avait bien une trentaine de camionnettes dans cette rue, alors pourquoi avoir filmé précisément celle-là ? Comment pouvaient-ils savoir qu'elle allait exploser ?

- Maman, s'il te plaît ! a soupiré p'pa.

N'empêche qu'elle n'avait pas tout à fait tort, grandma.

25

— Une lettre de Jeremy ! C'est une lettre de Jeremy !

P'pa a surgi de l'atelier, les pattes noires de cambouis, tandis que grandma posait son roman sur ses genoux et que m'man décachetait l'enveloppe, les doigts tremblants d'énervement. Elle l'a parcourue rapidement, un léger sourire aux lèvres.

— Ça a l'air d'aller…

Le camp est tellement grand qu'on doit prendre des cars pour aller d'un point à un autre. Mon cantonnement est tout près des pistes d'hélicos. Ça n'arrête pas de décoller et d'atterrir, mais les anciens disent qu'on finit par s'habituer au bruit… Je pensais avoir du mal à supporter la chaleur, mais le plus dur, ici, c'est le vent qui ne cesse jamais. Un vent si chaud et si sec que j'ai l'impression de me transformer en momie. Le sable se glisse partout, jusque dans la nourriture et sous nos draps.

De toute façon, on doit manger à toute allure pour que tout le monde puisse passer à une heure correcte.

Jusque-là, je n'ai pas fait grand-chose d'autre que des tours de garde à l'intérieur du camp mais, hier après-midi, j'ai participé à ma première patrouille en extérieur. On est sortis en Humvee dans le quartier est. Même si certains détournent la tête à notre passage, les gens ont l'air plutôt calme. Le colonel en personne est venu s'assurer que tout se passait bien…

J'ai croisé Jeff par hasard ! On est dans le même camp depuis le début sans le savoir ! Son unité va partir dans le Nord, un coin où les choses vont moins bien qu'ici. Quant à moi, je…

À lire la lettre de Jeremy, tout baignait. Mais le ton n'était pas le même dans l'e-mail que j'ai découvert le soir même sur mon ordinateur.

Salut, p'tit frère,
Je ne sais pas si c'est une bonne idée que je te parle de ça, mais tu es le seul à qui je peux tout dire. Les parents ont peut-être déjà reçu ma lettre, sinon ça ne va pas tarder. P'pa ne se fera sans doute pas d'illusions en la lisant, mais je ne veux pas inquiéter m'man.
La vérité, c'est qu'ici tout le monde est sur les nerfs.

Il ne m'a pas fallu dix jours pour m'en apercevoir. On a le choix entre deux enfers. À l'intérieur du camp, on n'a pas autre chose à faire que traîner. Hormis les patrouilles, personne – y compris les gradés – ne comprend très bien ce qu'on fait là. Pour s'occuper, on joue aux cartes, on passe des heures devant les jeux vidéo et on regarde des films... Les minutes passent comme des heures et les heures comme des jours. On attend, mais personne ne sait ce qu'on attend. Heureusement qu'il y a ton MP3 ! Il ne me quitte jamais. L'autre enfer, c'est dehors, dès qu'on doit sortir du camp.

En tant que tireur d'élite, je vais désormais être aux premières loges pour accompagner les patrouilles à la recherche des « *bad guys* », des salauds. Ces types posent des bombes un peu partout en se foutant totalement que leurs victimes soient des gens de chez eux, des gosses ou des femmes, même si, bien sûr, on reste leur cible principale. Tout le monde les craint comme la peste. Ils ne reculent devant rien et sont prêts à se faire sauter eux-mêmes sans une seconde d'hésitation. Du coup, la règle, c'est de se méfier de tout le monde. Même des enfants. Il paraît que les *bad guys* recrutent des gamins pour nous balancer des grenades. Ça peut nous tomber sur la gueule n'importe où, n'importe quand, en venant de n'importe qui !

Le mot que tout le monde a à la bouche, c'est «*Be safe*», «fais gaffe», «sois prudent». Ça remplace tous les bonjours et bonsoirs de la terre... On passe son temps à dire «*Be safe*».

J'ai écrit aux parents qu'on devait manger à toute allure pour que chacun ait le temps de passer. C'est du baratin. La vraie raison, c'est qu'on a tous la trouille qu'une bombe nous pète au nez en pleine cantine. Un vrai carnage! C'est arrivé il y a quelques mois, dans un camp situé au nord du pays. Un «*human bomb*», un type qui travaillait aux cuisines et que tout le monde connaissait, s'est fait sauter avec une ceinture d'explosifs autour du ventre.

Je te quitte. Un gradé vient de passer dans le couloir et je ne tiens pas à ce qu'il jette un coup d'œil sur ce que j'écris. Pas un mot aux parents.

N'oublie pas d'EMBRASSER la belle Marka sur le pont. *Be safe.*

J.

*
* *

— Maintenant que j'ai eu des nouvelles de Jeremy, je peux rentrer chez moi.

Grandma a bouclé ses bagages le lendemain du jour où l'on a reçu la lettre de Jeremy.

Il gelait à pierre fendre, et la météo prévoyait une nouvelle baisse des températures, mais grandma n'a rien voulu savoir. Quatre cents kilomètres seule, en voiture sur des routes verglacées, ce n'était pas pour l'inquiéter. P'pa a tenté de l'en dissuader :

— Reste encore un jour ou deux, maman. C'est de la folie, à ton âge, de faire de la route par un temps pareil !

— Mon petit Frank, d'abord, mon âge te dit bien des choses, et ensuite, j'en ai vu d'autres et ce n'est pas un peu de verglas qui va m'impressionner !

Elle a enfourné ses affaires dans le coffre de sa vieille Buick, mis le contact et s'est éloignée dans de grandes embardées, en klaxonnant pour nous dire au revoir.

Elle nous laissait une pile impressionnante de romans d'amour.

— Faites-en ce que vous voulez, moi, je ne les relis jamais…

C'est en voyant son fauteuil vide que j'ai compris que son côté fou-dingue allait me manquer.

26

Vingt-trois jours que Jeremy, Jeff et les autres étaient là-bas.

Malgré le froid qui coupait comme du verre et la nuit qui tombait, Marka m'attendait à la sortie du lycée. Sauf elle, personne n'aurait eu l'idée de s'attarder. Les derniers élèves se sont engouffrés dans les gros cars scolaires qui les attendaient et le gardien a refermé les grilles en nous regardant par en dessous, comme si on préparait un mauvais coup.

– Oskar, tu as déjà essayé d'écrire des chansons ?

– Moi non, mais Jeremy s'y est risqué. Ce n'était pas génial…

– Ça te dirait qu'on s'y mette ?

– Tu veux dire… nous deux ?

– Oui, nous deux. Toi et moi.

Prononcé par Marka, ce « toi et moi » avait des allures de formule magique. Rien que pour lui, j'étais prêt à passer la nuit dehors, à écrire toutes les chansons qu'elle voudrait.

— Tu te souviens, a repris Marka, de ce jour où Jeff et Jeremy sont partis... Le car qui fumait, les familles qui les accompagnaient, ceux qui pleuraient, ceux qui s'efforçaient de blaguer, toute cette atmosphère un peu étrange qu'il y avait ce matin-là... Eh bien, j'aimerais qu'on fasse une chanson là-dessus. Sur leur départ... J'ai déjà noté quelques idées.

Elle a tiré de sa poche le petit carnet à spirale qui ne la quittait jamais. De l'autre côté des grilles, le gardien nous a jeté un dernier coup d'œil soupçonneux avant d'éteindre les lumières du lycée, et, sans se soucier de l'obscurité, du froid ou de la brume glaciale qui montait de la rivière gelée, on est restés tous les deux dehors, à discuter de cette chanson qui n'existait pas encore comme si c'était soudain la chose la plus importante du monde.

27

Première fois que je mettais les pieds chez Marka, le cœur d'autant plus en pagaille que je n'avais pas souvent eu l'occasion d'entrer dans une chambre de fille. Une pièce minuscule, avec quelques photos au mur et des trucs de maquillage qui traînaient devant un miroir. Côté rangement, la mère de Marka devait y regarder de moins près que la mienne parce que le sol était jonché de bouquins, de papiers, de disques et de revues. C'était presque impossible d'y mettre un pied sans écrabouiller l'un ou l'autre. Un gros chat dormait sur le lit, allongé de tout son long à côté de la guitare de Marka.

— Oskar, je te présente Bryan. Bryan, voici Oskar. Je t'en ai déjà parlé.

Bryan n'a pas bougé d'un poil.

— On s'y colle ? a demandé Marka en sortant son carnet.

De mon côté, j'avais noté sur un bout de papier les quelques phrases qui m'étaient passées par la tête.

– Le premier mot n'est jamais le bon, a affirmé Marka, et la première phrase non plus. Tous ceux qui écrivent savent ça !

Moi, je ne demandais qu'à y croire.

Et, sans trop savoir comment s'y prendre, on a commencé à écrire. On a cherché, corrigé, raturé, biffé, on est revenus mille fois en arrière... On gribouillait deux ou trois bribes de phrases. Et puis on cherchait encore. Marka a déchiré la première page et en a fait une boulette qu'elle a lancée en direction de Bryan, qui a à peine ouvert un œil. Il en fallait plus pour le réveiller. On a recommencé, fouillé dans ce qu'on avait noté, et aligné quelques mots qui ne sonnaient pas mal. Alors, on a continué. Et peu à peu, mot à mot, ligne à ligne, nos phrases ont pris forme. Elles se sont imbriquées comme si elles se répondaient... On mêlait ce qui venait de l'un à ce qui venait de l'autre, tellement qu'on ne savait plus qui écrivait quoi. Mais ça n'avait aucune importance.

Point final. Quand on a relevé le nez, la nuit était tombée sans qu'on s'en aperçoive, Bryan dormait toujours et on n'en pouvait plus. On s'est regardés, à la fois euphoriques et exténués, comme des voyageurs qui touchent enfin terre après un interminable voyage dans des territoires inexplorés. Jamais je n'aurais imaginé que c'était aussi éreintant d'écrire. Mais le résultat était là, sous nos yeux, quelques dizaines de lignes à peine que Marka a relues d'une voix fiévreuse. Le dernier mot est tombé, presque irréel.

— Je crois que c'est bien, a-t-elle fait après un moment.

— Il nous faudrait un titre…

— *Over there*, a-t-elle proposé au moment exact où je disais la même chose. Là-bas…

On a éclaté de rire.

— On vient de faire une philippine, a dit Marka. Faut faire un vœu.

— Une philippine ?

— C'est quand deux personnes disent la même chose au même moment. Chacune fait un vœu et, le lendemain, le premier qui dit à l'autre « Bonjour, Philippin » ou « Bonjour, Philippine » voit son vœu exaucé. Attends, je cherche mon vœu…

Moi, je savais ce que je souhaitais. Et je souhaitais en plus que Marka le souhaite aussi.

En attendant, *Over there*, c'était un bon titre. De

nouveau, Marka a tout relu, en égrenant quelques accords sur sa guitare.

Une bonne mélodie, c'est difficile à trouver. Il faut que ça colle avec les paroles, que ça vienne presque naturellement, que ça donne l'impression d'avoir été écrit rien que pour ces mots-là. On a fait des dizaines d'essais en chantonnant et les choses se sont peu à peu mises en place, comme dans un puzzle où chaque pièce finit par s'emboîter avec les autres.

Le chat a bondi du lit en entendant la porte d'entrée. La mère de Marka était caissière au Giant Maxx, elle revenait chaque soir avec des provisions et le gros Bryan avait compris depuis longtemps que c'était l'un des moments les plus intéressants de sa journée de chat.

Mon regard a croisé celui de Marka. On ne pouvait pas se quitter comme ça.

— Je raccompagne Oskar, a-t-elle lancé à sa mère en lui collant un rapide baiser sur la joue tandis que, tout rouge à l'idée que celle-ci nous avait vus sortir de la chambre de sa fille, je marmonnais un bonjour-au revoir embarrassé.

Ça l'a fait sourire, la mère de Marka. Et j'ai rougi encore un peu plus.

Le froid nous a happés. Tout en marchant, on répétait notre chanson à s'en étourdir, les mots se condensaient devant notre bouche en petits nuages de buée qui s'évanouissaient dans le froid. De rares voitures nous dépassaient en soulevant des gerbes de neige sale. À l'intérieur, on devinait la silhouette des conducteurs, engoncés dans leurs vêtements d'hiver malgré les chauffages poussés à fond. Et ça nous faisait rire sans qu'on sache pourquoi.

Le pont. Marka s'est arrêtée pile au milieu. À nos pieds, la rivière coulait sous la glace, parfaitement silencieuse.

– Tu te rappelles le jour où Jeff et Jeremy sont partis ? On était exactement au même endroit lorsque ma mère est arrivée. Tu allais me dire quelque chose. C'était quoi ?

Marka me prenait à contre-pied. De nouveau, j'ai rougi jusqu'à la racine des cheveux en bafouillant minablement.

– Je… je ne sais plus. J'ai oublié. Ça… Ce n'était sûrement pas très important.

Je me serais donné des claques, tiens ! La main de Marka s'est resserrée sur la mienne.

– Et moi, je suis sûre du contraire !

Une voiture est passée en nous éblouissant.

Marka a déposé un minuscule baiser sur le bord de mes lèvres avant de filer dans la nuit.

– À demain, Oskar !

Et elle s'est éloignée en courant.

– À demain, Oskar ! a-t-elle répété depuis l'autre bout du pont. Elle est vraiment bien, notre chanson ! Je vais y penser toute la nuit.

Je flottais dans une sorte de brouillard, avec le souvenir de ses lèvres au coin des miennes, aussi léger et vaporeux que les écharpes de brume qui s'étiraient au-dessus de la rivière.

28

– Bonjour, Philippin ! a braillé Marka du plus loin qu'elle m'a aperçu.

Je l'ai regardée comme si elle était tombée sur la tête.

– Tu ne te souviens pas de notre philippine d'hier ? Quand on a tous les deux dit « *Over there* » en même temps… J'ai gagné. Mon vœu va se réaliser.

L'air détaché, je lui ai demandé de quoi il s'agissait.

– Secret, Oskar ! Si je le dévoile, ça ne marchera jamais !

Elle m'a regardé avec un sourire finaud qui m'a conforté dans l'idée que son vœu était le même que le mien.

– Et tu sais, a-t-elle enchaîné, j'ai pensé à une chose en revenant chez moi, hier. Notre chanson, elle serait bien mieux si on la chantait à deux. En duo.

Du coup, j'étais beaucoup moins sûr que le sourire finaud allait de pair avec cette histoire de vœu...

— Tu voudrais que je chante ? Mais j'ai une voix de canard. On dirait Donald.

Elle a pris l'air affligé.

— Tu es vraiment chiant, parfois ! Tu ne peux pas arrêter cinq minutes de trouver nul tout ce que tu fais ? On dirait que ça t'amuse ! Monsieur a une voix de canard, et il ne sait rien faire, et il n'est capable de rien, et gnagnagna et gnagnagna... Cette chanson, on l'a écrite ensemble, alors soit on la chante ensemble, soit on ne la chante pas du tout.

À peine arrivée dans le garage, elle a accordé sa guitare.

— Ça commençait comme ça...

Elle s'est mise à chanter, j'ai hésité une seconde et je me suis lancé à mon tour, à mi-voix... Marka s'est tue au bout de quelques mesures et m'a laissé continuer seul jusqu'au couplet suivant, qu'elle a repris avec moi. On a recommencé, encore et encore... En affinant chaque fois, jusqu'à donner l'impression de se répondre.

Penchée sur sa guitare, Marka s'est mis en tête de chercher une seconde voix. Je ne voyais d'elle qu'une masse de cheveux dans laquelle la lumière se reflétait. J'ai repensé à son baiser de la veille. Tout à l'heure, en arrivant, elle avait fait comme si de rien n'était. Salut, Oskar, une petite bise de copains, cette histoire abracadabrante de philippine et point à la ligne. Je me suis demandé si je n'avais pas tout rêvé.

Je n'y comprenais rien. C'était un truc plutôt compliqué, l'amour. Une sorte de labyrinthe dans lequel on se perdait assez facilement en cherchant où avait bien pu passer l'autre.

29
Février

Cinquante-trois jours que Jeremy était là-bas.

Côté face, les trois lettres qu'il avait envoyées aux parents. À les lire, on l'aurait presque cru dans un club de vacances. Côté pile, les e-mails qui arrivaient sur ma messagerie.

Salut, p'tit frère,

Ici, il est un peu plus de vingt-trois heures. Chez nous, ça doit faire dix heures du matin, mais avec une journée d'avance sur vous, si tu vois ce que je veux dire. Je profite de ce que la salle est presque vide pour m'installer vite fait devant un ordi. Une fois encore, c'est de l'ultra-confidentiel et je compte sur toi pour ne rien dire aux parents. Bientôt deux mois que je suis là et je ne rêve que d'une chose : échapper à toutes les saloperies qu'on voit ici.

Depuis trois jours, on fouille systématiquement les maisons de l'un des quartiers nord. Il paraît que des insurgés s'y cachent. Objectif: emmener pour interrogatoire tous les hommes de plus de quinze ans. Facile à dire. Mais ici personne n'a de papiers et ceux qui en ont les planquent soigneusement. Les adultes, c'est simple, on les reconnaît. Mais pour les plus jeunes, comment savoir qui a plus de quinze ans ? Résultat, le major ordonne d'embarquer tous ceux qui mesurent plus d'un mètre cinquante. On traîne dans les Humvee des gamins qui ne doivent pas avoir beaucoup plus de douze ou treize ans. Les mères hurlent et s'accrochent à leurs gosses. On doit se dégager à coups de crosse.

On était à peine sortis de cet enfer qu'un gamin de cinq ou six ans, sans doute le frère de l'un de ceux qu'on embarquait, nous a caillassés avec des graviers. Rien de bien méchant, mais le major a affirmé que, si on le laissait faire aujourd'hui, ce mouflet serait incontrôlable dans dix ans. Et il lui a retourné une telle gifle que le gosse a basculé en arrière en tombant sur les cailloux.

Les gamins, ici, c'est sacré. Plus encore que chez nous. Je t'assure que, si ces gens avaient pu nous tuer sur-le-champ, on serait tous morts à l'heure où je t'écris. La haine se lisait dans leurs yeux, je tremble encore en y repensant.

On ne sort en patrouille que la peur au ventre. C'est peut-être des conneries, mais je m'accroche à ton MP3 comme à un talisman. On sait tous qu'on peut se faire descendre, mais il me semble que, si j'ai le MP3 bien au chaud dans une de mes poches, je reviendrai vivant. C'est stupide, hein ! Mais depuis que j'ai vu le major gifler ce gamin à toute volée, une autre trouille me tord le ventre. Celle qu'on m'ordonne un jour de faire des choses que je regretterai toute ma vie. Le pire, c'est que je sais déjà que je n'aurai sûrement pas le courage de refuser d'obéir. C'est le contraire de tout ce que j'ai appris depuis des mois.

Pour l'instant, je n'ai pas encore eu l'occasion de tirer, mais je préfère ne pas penser au jour où il faudra que je le fasse. Peut-être tout à l'heure, peut-être demain...

J'entends que ça bouge derrière la porte. Je te laisse.
Be safe.
J.

30
Mars

Sarah a déboulé dans le garage un vendredi soir, alors qu'on jouait. Elle a filé droit sur Marka, comme une furie.

— Je te préviens, Marka, si tu ne m'invites pas immédiatement à un concert privé, je ne te dis plus un mot de la vie. Vous passez tous les deux la moitié de votre temps enfermés ici et personne n'en voit jamais le moindre résultat ! C'est à se demander ce que vous faites ! Et d'abord, qu'est-ce qui me prouve que vous ne vous retrouvez pas uniquement pour vous bécoter ? Hein ?

J'ai piqué un fard tandis que Marka éclatait de rire.

— Ça, ma belle, ça ne te regarde pas !

Sarah était toujours comme ça, survoltée, théâtrale et râleuse. Elle était née le même jour que Marka, à la même heure et dans la même maternité.

Ça crée des liens. Mais depuis qu'on se voyait quasiment tous les jours, Marka et moi, elle nous jouait de temps à autre le grand air de la jalousie.

— D'ailleurs, c'est bien simple, a-t-elle poursuivi, je ne sortirai pas d'ici tant que je ne vous aurai pas entendus. Je suis même prête à faire une grève de la faim !

— Bon, bon ! Ça va ! Puisque tu le veux, tu l'auras.

Marka a vérifié qu'on était bien accordés.

— Tu vas avoir l'honneur d'assister au premier concert de... de qui, au fait ?

Marka m'a regardé. Ni elle ni moi n'avions encore pensé à nous trouver un nom.

— Ben... Marka et Oskar, c'est pas mal, non ?

J'aimais que nos deux noms soient accolés.

— Nul et archinul ! a braillé Sarah. Tu ne veux pas y ajouter tout ton pedigree, tant que tu y es ? Non, ce qu'il vous faut, c'est... c'est M&O ! Voilà ! C'est bien, M&O ! C'est simple et puis c'est graphique ! Sur les affiches, ça en jettera.

Elle s'est précipitée au milieu du garage en hurlant : « *And now, ladies et gentlemen,* en avant-première mondiale, j'ai l'honneur, le plaisir et l'avantage de vous présenter M&O ! »

Marka a égrené seule les premiers accords d'*Over there*, je suis rentré avec la basse à la quatrième mesure et on a commencé à chanter tandis que, adossée au mur, Sarah fermait les yeux. Ce qui était très bien comme ça ! Je préférais qu'elle ne me regarde pas. Sarah m'inquiétait toujours un peu, je me sentais presque aussi à l'aise en face d'elle qu'une souris entre les griffes d'un chat.

31

Nos deux voix se mêlaient, se répondaient... Même si notre public n'était constitué que d'une seule personne, c'était la première fois qu'on jouait pour quelqu'un d'autre que nous-mêmes et il me semblait qu'on s'en sortait pas mal. Dernier couplet, dernier accord...

Sarah a ouvert les yeux, ils étaient tout brillants.

– Elle est géniale, votre chanson ! Elle est... Je... je l'adore. Elle me fait vibrer de l'intérieur, comme si je comprenais soudain plein de trucs restés au fond de moi.

Elle a essuyé une larme. C'était son côté théâtral, toujours en représentation, mais pas seulement. Son frère était parti là-bas quelques mois avant Jeremy et Jeff, et il y était toujours. Elle savait de quoi on parlait.

– Je n'en reviens pas que vous ayez écrit ça.

— Tu ne nous en croyais pas capables ?

— Ce n'est pas ce que je veux dire ! C'est juste que… D'habitude, personne n'a jamais les bons mots pour parler de tout ça, c'est trop intime. Mais vous, vous les avez trouvés.

Elle s'est de nouveau tamponné les yeux mais, cette fois, c'était peut-être un peu trop.

— Complètement d'accord avec toi, Sarah, a soudain fait une voix dans notre dos. Vous avez écrit une chanson superbe. Vraiment…

On s'est retournés d'un bloc et j'ai viré au rouge vif.

— P'pa ! Tu étais là ? Je veux dire depuis le début ?

— Oui. Depuis le début. Ça ne m'arrive pas souvent d'écouter aux portes, mais là…

Malgré sa patte de traviole, il s'est assis par terre à côté de Sarah en laissant sur le mur les traces de ses mains pleines de cambouis.

— On réclame un bis ? a-t-il proposé en la regardant.

Ils se sont mis à taper dans leurs mains en braillant comme des cinglés : « Encore ! Encore ! » Et, histoire de compléter le tableau, m'man a déboulé, éberluée.

— Qu'est-ce qui se passe ici ?

J'aurais tout donné pour disparaître, mais Marka a commencé l'intro sans rien me demander et on a repris notre chanson d'un bout à l'autre.

— Elle est trop bien, cette chanson, a glissé Sarah en repartant. Trop, trop bien ! Alors, d'abord, il faut que vous en écriviez plein d'autres, et ensuite, il faut que vous la chantiez devant un public. Vous ne vous occupez de rien. Tous les artistes ont besoin d'un imprésario, et, à partir d'aujourd'hui, l'imprésario, c'est moi.

Je n'étais pas vraiment certain que ce soit une très bonne idée.

32

Quelques jours plus tard, le surveillant a déboulé en classe alors que M. Jakobson était en pleine démonstration de maths. Le prof l'a fusillé du regard avant de déplier le petit mot qu'il lui tendait. Il l'a lu en silence et est resté un moment sans relever les yeux, comme s'il hésitait à nous regarder. Un silence de mort s'est abattu sur la classe tandis qu'un vertige terrifiant me clouait sur place.

— Marka et Oskar ! La directrice vous demande.

Sa voix vibrait. Le dernier à avoir été convoqué de cette façon, c'était Michael, quelques semaines auparavant. Ses parents l'attendaient dans le bureau de la directrice, et c'est là qu'il avait appris la mort de son frère. Tué là-bas, dans une embuscade. Depuis, j'évitais autant que possible de le traiter d'abruti. Même si je le pensais.

Trente paires d'yeux nous ont suivis jusqu'au couloir.

— Tu crois que c'est pour nous annoncer qu'il... qu'il leur est arrivé quelque chose ? m'a soufflé Marka.

Elle était pâle à faire peur. Et je ne devais pas être en meilleur état. Arrivé quelque chose... Ces petites saloperies de mots résonnaient dans mon crâne comme dans une salle vide, accompagnés d'une ritournelle lancinante qui ne me quittait pas. Jeremy est mort ! Jeremy est mort !

— Non... C'est impossible, ce ne serait pas à elle de... de nous prévenir.

La main de Marka a emprisonné la mienne.

— Mais, pour Michael, ses parents étaient là... Ils l'attendaient dans le bureau.

Jeremy est mort ! J'avais beau lutter de toute mon énergie contre la ritournelle, son venin se répandait en moi, il m'envahissait et s'insinuait dans les moindres recoins de mon corps. La porte du bureau s'est ouverte devant nous.

— Entrez, entrez !... Asseyez-vous.

La directrice nous a fait signe d'avancer, plutôt souriante. Les parents n'étaient pas là. Ça ne pouvait donc pas être la pire des nouvelles ! Le reste n'avait plus aucune importance. Les jambes encore flageolantes, je me suis posé du bout des fesses dans un fauteuil mille fois trop large tandis que Marka se laissait tomber dans un autre. La directrice est restée un moment sans rien dire, à nous regarder alternativement.

— Dans une petite ville, a-t-elle commencé, les bruits courent vite. Et plus encore dans le petit lycée d'une petite ville…

Je ne voyais pas où elle voulait en venir.

— Vous savez qui a écrit cela ?

Et elle nous a tendu une feuille. D'un simple coup d'œil, j'ai reconnu les paroles d'*Over there*. D'où les tenait-elle ? Deux jours auparavant, Sarah avait fait tout un cinéma pour qu'on chante devant un groupe d'élèves du lycée, rien que des copains à elle. « Votre premier concert public ! » Ça ne pouvait venir que de là. Quelqu'un avait recopié les paroles…

— Oui, c'est nous… Enfin, Oskar et moi.

L'année dernière, la directrice avait présidé le comité local de soutien pour la réélection du Président (« Un homme extraordinaire, clamait-elle à qui voulait l'entendre, un homme fier de ses convictions et conscient de ses responsabilités ! »), et les paroles d'*Over there* n'allaient pas exactement dans ce sens… On allait avoir droit à un sermon sur la liberté, la démocratie et la nécessité d'envoyer nos frères se battre là-bas pour le bien de l'humanité entière... À vrai dire, je m'en foutais. Du moment que Jeremy n'était pour rien dans sa convocation, j'étais prêt à tout.

— Je n'ai pas encore entendu cette chanson, a repris la directrice, mais j'en ai eu quelques échos. Et ce que j'ai sous les yeux me suffit...

Pas de doute, cette fois, on était bons pour se faire remonter les bretelles! Elle m'a regardé, un demi-sourire aux lèvres.

— Oskar, je suis à peu près certaine que tu es en train de me traiter de vieille bique patriotique! Je me trompe?

Marka a étouffé un gloussement pendant que je virais au cramoisi.

— Alors, dis-toi que la vieille bique a été bouleversée par ce qu'elle a sous les yeux. Et je ne suis pas la seule! Votre chanson est magnifique.

Je m'attendais à tout sauf à ça! Marka a encaissé avec un sourire modeste tandis que le cuir du fauteuil me collait aux fesses. Je me suis essuyé les paumes sur mon jean en tentant d'échapper au regard de la directrice.

— Vous savez, a-t-elle repris, que, chaque semestre,

nous organisons une Soirée des talents. La prochaine aura lieu dans deux semaines. Je tiens beaucoup à ce que vous y participiez. D'ailleurs, je ne vous laisse pas le choix, vous êtes déjà inscrits !

*
* *

— Alors ? a fait Sarah dès qu'elle nous a aperçus. Ça a marché ? Elle a aimé ? Elle vous invite à la Soirée des talents ?

— C'est toi qui lui as refilé les paroles ?

— Et qui d'autre ? Bien sûr que c'est moi. J'étais sûre que ça marcherait ! Sûre !

Elle a battu des mains comme une gamine excitée.

— Et si elle nous avait engueulés ?

— Je suis votre imprésario, oui ou non ? Faut savoir prendre des risques !

— On ne peut pas dire que tu en as pris beaucoup, dans cette affaire, a répliqué Marka d'un ton pincé. Sans compter que tu nous as flanqué une trouille pas possible !

Et Sarah l'a regardée s'éloigner d'un air ulcéré.

33
Mars

Soixante-treizième jour.

Salut, p'tit frère,

Je quitte Jeff à l'instant. On s'est croisés par hasard sur la base. Je croyais que son unité était depuis longtemps partie vers le nord, dans une zone qui porte le charmant nom de FOB Bud, mais que tout le monde appelle Fort Bug. (FOB, ça veut dire *Forward Operation Base*.) En fait, il est resté ici pendant tout ce temps avec son unité. Personne ne sait pourquoi et, d'après Jeff, les gradés eux-mêmes n'y comprennent rien. Mais cette fois, paraît-il, c'est sûr, ils partent demain.

Il craque encore plus que moi. Imagine-toi qu'il n'a RIEN fait depuis qu'il est arrivé. Il n'est pas une seule fois sorti de la base ! Ce qu'on peut imaginer de pire.

Une vraie torture ! Ici, certains sont prêts à se battre pour partir en patrouille malgré le danger qui guette à chaque coin de rue. Tout vaut mieux que l'interminable ennui du camp, même risquer sa peau !

On a pris le temps de discuter du pays et du reste. Ta petite fiancée (j'espère que tu l'as enfin embrassée) lui a dit que vous veniez d'écrire une superbe chanson sur nous, et que vous alliez bientôt la chanter devant tout le lycée. C'est le début de la gloire ! Heureusement qu'elle lui donne des nouvelles, elle, parce que si je devais compter sur toi…

J'EXIGE que tu m'envoies cette chanson immédiatement ! Surtout si Jeff et moi en sommes les héros ! Et quand tu seras riche et célèbre, j'exigerai aussi ma part des droits.

Le bruit court qu'on va repartir pour une série de patrouilles de « niveau D ». Ce sont les pires, les patrouilles à haut risque, hors des zones sécurisées. Danger maximum. Le genre de coin où tu as intérêt à avoir des yeux derrière la tête ! Ce ne serait qu'une question de jours même si, pour l'instant, les chefs n'ont encore rien dit. On a reçu des dénonciations anonymes et il y aurait des planques d'armes dans les maisons. Ça ne va pas être de la tarte…

Pas un mot de tout ça aux parents.

Aucunes nouvelles de Leon. Est-ce que tu as l'occasion de croiser ses parents ?
Be safe.
J.

J'ai aussitôt envoyé à Jeremy le texte de notre chanson et j'ai archivé son e-mail avec ceux qu'il m'avait déjà envoyés.

Ma seule trouille était qu'un jour les parents tombent dessus. Côté ordinateur, ni l'un ni l'autre n'étaient très doués, mais je préférais quand même ne pas prendre de risques et planquer tout ce que m'envoyait Jerem' dans un dossier à mot de passe perdu au fin fond de mon ordinateur.

34

Il ne restait que trois jours avant la Soirée des talents.

Avec Marka, on se démenait pour terminer notre nouvelle chanson. Notre idée, c'était de partir des lettres que Jeremy et Jeff envoyaient aux parents et dans lesquelles tout semblait toujours aller pour le mieux.

Tout se passe bien, écrivait le fils, ne t'inquiète de rien, les gens d'ici nous accueillent en libérateurs et je reviendrai bientôt. *I'll be back soon.* Voilà pour le refrain.

De son côté, la mère regardait la télévision. Elle voyait la poussière ocre du désert et les maisons en ruine, elle entendait le claquement des armes automatiques. Je sais que tu me mens, répond-elle, mais surtout reste en vie et sois prudent. *Be safe.*

Be safe... Une expression qu'on avait reprise pour le titre.

— Mais elle ne sera jamais au point pour qu'on la chante sur scène, répétait Marka à longueur de journée.

C'était compter sans Sarah, qui prenait très à cœur le rôle d'imprésario qu'elle s'était attribué sans que personne lui demande rien.

— Bien sûr que vous serez prêts ! Vous devez l'être ! Impossible de priver votre public d'un titre nouveau !

Elle oubliait juste un détail, notre imprésario chérie, c'est que, en attendant mieux, on n'avait que deux titres et pas le moindre public !

35
31 mars

Quatre-vingt-sixième jour.

Le mot « Urgent » est apparu en rouge sur ma messagerie.

P'tit frère,

Le bruit court que le camp dans lequel cantonnait l'unité de Jeff a été attaqué ce matin par des insurgés. Un attentat-suicide, c'est ce que tout le monde dit ici. Un camion bourré d'explosifs aurait forcé les barrages, il paraît que là-bas c'est l'horreur, un véritable carnage. Les salauds ! Ici, personne ne sait rien de précis et ceux qui savent ne disent rien.

Une chose est sûre, c'est que les hélicos ont tourné toute la journée en ramenant des dizaines de types dans un sale état. Pas besoin d'être devin pour comprendre que c'est grave. Au moment où je t'écris, d'autres hélicos repartent vers le nord et les ambulances les attendent au pied des pistes, prêtes à filer avec les morts et les blessés.

J'ai interrogé les pilotes, les infirmiers et tous les gars que je voyais débarquer à peu près en bon état. Je leur ai demandé s'ils connaissaient Jeff, s'ils avaient des nouvelles, s'ils pouvaient regarder sur les listes des évacués... Je leur ai donné son matricule.

Mais ils n'ont rien pu, ou rien voulu, me dire.

Les ordres sont les ordres ! Silence radio sur ce qui s'est passé aujourd'hui à FOB Bug en attendant l'enquête et les communiqués officiels. Pour l'instant, je ne sais donc rien, mais je me suis dit que Marka était peut-être au courant. Jeff a pu lui envoyer un e-mail...

Débrouille-toi pour savoir ce qui se passe.

Be safe.

J.

Un second e-mail suivait immédiatement le premier.

Et puis non ! Ne bouge pas. Ça ne servirait qu'à les inquiéter. Merde ! Je ne sais plus quoi te dire ni quoi faire.

Fais comme tu peux. Débrouille-toi et réponds-moi vite ! Je compte sur toi.

On est tous sur les nerfs.

Be safe.

J.

36

— Tu sors maintenant ? s'est étonnée m'man.

Voilà longtemps qu'on avait fini de dîner. Sans même lui répondre, j'ai attrapé mon anorak et j'ai filé vers le pont. Attentat, explosifs, morts, blessés… Les mots de Jeremy m'enserraient dans une sorte de brouillard opaque, où que j'aille. J'avais l'impression de me heurter à eux comme aux portes d'un labyrinthe. J'ai filé en direction de la maison de Marka, mais je n'avais pas la moindre idée de ce que j'allais lui dire.

Depuis une dizaine de jours, la rivière coulait de nouveau. À chaque printemps, elle nous sortait le grand jeu. La couche de glace explosait littéralement sous la pression de l'eau et, pendant une ou deux semaines, elle prenait des allures de torrent et dévalait à toute allure en charriant d'énormes blocs de glace qui heurtaient les piles du pont avec de grands bruits sourds.

La maison de Marka n'était plus qu'à une centaine de mètres lorsque j'ai pilé net. Une voiture était garée devant. Une voiture de l'armée, avec un chauffeur en uniforme. Il n'y avait pas si longtemps que la famille de Michael avait reçu le même genre de visite. Ce jour de février où un officier accompagné d'un aumônier militaire était venu annoncer la mort de son frère, Stan, tombé là-bas, dans une embuscade. L'état-major et le Président se joignaient à la douleur de sa famille et Stan allait recevoir une médaille à titre posthume. Le cercueil est arrivé deux semaines plus tard dans un camion réfrigéré et la médaille a été envoyée par la poste.

Je me suis approché à pas de loup. Le chauffeur n'avait pas vingt ans et laissait tourner le moteur à cause du froid tout en écoutant un vieux truc d'Elvis Presley que j'entendais d'ici. Ce planqué se la coulait douce pendant que Jerem' et Jeff risquaient leur peau là-bas ! Il a baissé sa vitre en m'apercevant.

– Tu cherches quelque chose ?

J'ai secoué la tête.

– Pas vraiment. Je voudrais juste savoir si c'est pour… pour Jeff que tu es là.

Il m'a regardé d'un air soupçonneux.

– Tu es de la famille ?

– Non. Je suis un ami. Un ami de Jeff et de sa sœur.

– Alors, je ne peux rien te dire.

– Il est... Il est mort ?

– Je ne peux rien te dire.

Et, histoire de montrer que c'était inutile d'insister, il a remonté la vitre et poussé le volume de la musique.

Je me suis réfugié sous un réverbère dont l'ampoule palpitait comme un cœur. Le chauffeur est sorti pour allumer une cigarette, il en a tiré quelques bouffées et s'est approché.

– Tu as du mal à comprendre, on dirait ! Ça ne te regarde pas, je t'ai dit !

– J'ai le droit d'être là, non ?

La porte de la maison de Marka s'est soudain ouverte. La silhouette d'un officier en casquette s'y est encadrée tandis que le chauffeur écrasait vite fait sa cigarette. Très raide, l'officier a salué la mère de Marka avant de s'engouffrer dans sa voiture. Les feux arrière ont disparu au coin de la rue et je suis resté là, paralysé de peur, à quelques pas de Marka et de sa mère qui pleuraient. Au-dessus de moi, l'ampoule du réverbère clignotait toujours comme pour lancer un signal d'alarme. Elles étaient sur le point de refermer la porte lorsque Marka m'a aperçu. Elle s'est précipitée, ses bras se sont accrochés à mes épaules et j'ai senti sa joue barbouillée de larmes se coller contre la mienne.

— Oskar! Oskar! C'est Jeff…

Tous les mots que j'aurais pu lui dire m'ont déserté d'un coup. Les jambes flageolantes, la tête vide, j'ai serré Marka contre moi comme pour l'empêcher de disparaître à jamais dans ce gouffre vertigineux qui l'aspirait. Elle sanglotait à s'en étouffer.

— C'est Jeff! Ses jambes! Un camion qui a explosé…

Et, par saccades, elle m'a raconté. Jeff était de garde lorsque le camion piégé dont Jeremy avait parlé dans son e-mail avait foncé. Ses jambes avaient tout pris. Il était hospitalisé là-bas, hors de danger, mais pour ses jambes, on n'était pas encore fixé. L'officier avait parlé d'une amputation, mais les médecins attendaient avant de prendre une décision. Impossible, pour l'instant, de le rapatrier. « Ça se fera dès que votre fils sera en état de supporter le voyage, madame. Je ne peux vous donner aucun délai mais je vous tiendrai personnellement au courant. »

Je me suis raccroché à ce que Marka venait de dire. Hors de danger! Ça signifiait d'abord que Jeff n'était pas mort! Qu'il allait vivre.

– Tu m'entends, Marka, Jeff est vivant! Il va revenir, tu vas le revoir!

Ses lèvres se sont collées aux miennes, elles avaient un goût de sel. On est restés soudés l'un à l'autre, enlacés, à rire et pleurer en même temps, à ne pas savoir pourquoi on avait attendu tout ce temps pour s'embrasser alors que ce n'était sûrement pas le meilleur jour pour se décider.

*
* *

J'ai passé le restant de la soirée avec Marka et sa mère. La moitié de nos phrases commençaient par: « Quand Jeff sera de retour... » et Marka me broyait la main sous la table.

Elle m'a raccompagné jusqu'au pont et on s'est embrassés encore et encore, pendant que les piles vibraient sous le choc des blocs de glace qui dérivaient dans le courant.

– C'est bizarre, hein? a-t-elle fait. Elle avait la même voix éraillée que lorsqu'elle chantait. Je pense à Jeff, je pense à nous... Je me sens à la fois triste et heureuse. Ça fait un drôle de mélange.

J'ai enfoui mon nez dans ses cheveux. J'étais comme Marka, à ne pas bien comprendre ce qui se passait. Mais ce n'était pas très important.

37

Il devait être un peu plus de minuit quand je suis revenu à la maison. Tout était éteint à l'exception de l'atelier de p'pa. J'entendais le bruit de ses outils en contrepoint du filet de musique country du transistor... Jamais je ne l'avais vu travailler si tard. J'ai glissé un rapide coup d'œil par la porte restée entrouverte malgré le froid. Il était étendu sous une vieille Chevrolet Impala, ses outils à portée de main, soigneusement alignés. J'ai hésité à lui dire, pour Jeff, mais en même temps je tenais à conserver ce qui s'était passé ce soir par-devers moi. Rien que pour Marka et moi. De toute façon, la directrice avait raison. Ici, tout finissait par se savoir et, dès demain, tout le monde serait au courant. Les journalistes locaux allaient se fendre d'un article comme ils l'avaient fait pour le frère de Michael et, pendant quelques jours, on ne parlerait plus que des blessures de Jeff en se demandant quel serait le prochain sur la liste.

Je m'apprêtais à repartir quand…

— Oskar !

Le sixième sens de p'pa — celui qu'il avait développé lorsqu'il faisait partie des Forces spéciales — avait dû l'avertir que j'étais là. Il s'est extirpé de dessous l'Impala et, malgré sa jambe, s'est redressé d'un coup. Il avait une sacrée technique. Ses yeux m'ont pris en tenaille.

— Pour Jeff, qu'est-ce qui s'est passé ?

L'espace d'une seconde, je me suis demandé comment il avait fait pour savoir. Mais il ne m'a pas laissé le temps d'approfondir.

— Alors ?

— Un attentat-suicide, avec un camion… Ce sont les jambes qui ont pris, ils ne savent pas encore s'il faudra…

Je me suis soudain arrêté, les yeux rivés sur la jambe de p'pa.

— S'il faudra l'amputer, ai-je lâché dans un souffle.

De nouveau, je me suis demandé comment il pouvait savoir. Je n'avais rien dit en partant, juste filé comme un voleur après avoir lu l'e-mail de Jérem'.

— Tu as laissé ton ordinateur allumé, a alors dit p'pa comme s'il venait de lire en moi. Le message de Jeremy était sur l'écran. Pourquoi tu ne nous as rien dit ?

— Je voulais d'abord voir Marka.

— Ce n'est pas ce que je te demande. Pourquoi ne nous as-tu jamais dit que Jeremy t'envoyait des e-mails ?

— C'est le premier qu'il envoie.

— Le premier ?

Le regard de p'pa ne me lâchait pas. J'ai hoché la tête en virant au rouge coquelicot tandis qu'il se glissait de nouveau sous l'Impala.

38

« Tu lui prends la main, vous filez vers la rivière et tu l'embrasses une fois que vous serez sur le pont. Il n'y a pas plus romantique, comme coin... »

Il était peut-être deux heures du matin lorsque j'ai entendu le pas bancal de p'pa dans l'allée. Il revenait seulement de l'atelier. Dehors, la rivière mugissait et les blocs de glace se fracassaient contre le pont. Les recettes de Jeremy ne valaient rien et j'aimais Marka.

Trop de choses tournoyaient dans ma tête pour que je songe seulement à dormir.

Je repensais en frémissant à tout ce qui s'était passé ce soir. Le goût de sel des baisers de Marka et l'odeur de ses cheveux se mêlaient aux images pleines de sang des jambes de Jeff. Je me sentais presque coupable. Pourquoi avait-il fallu qu'il soit blessé pour qu'on se précipite dans les bras l'un de l'autre ? Marka m'aurait-elle embrassé sans cela ? Tout s'enchevêtrait de façon tellement inextricable...

Les bouquins de grandma étaient toujours là. Elle était repartie chez elle en abandonnant une caisse entière de romans d'amour que p'pa s'était mis en tête de jeter le jour même après en avoir feuilleté quelques-uns.

— Mais comment ma mère peut-elle se gaver de conneries pareilles ?

Sans bien savoir pourquoi, je les avais sauvés de justesse en les planquant sous mon lit.

J'ai pioché le premier qui m'est tombé sous la main, *Les Amants d'une nuit*, et je l'ai ouvert au hasard.

« — Lenny... murmura-t-il. Oh, Lenny, pour l'amour du ciel.

« Elle devina son regard posé sur elle tandis qu'il la serrait dans un geste à la fois plein de passion et d'impatience. Elle frémit en sentant les lèvres de l'homme sur sa peau et renonça à le repousser.

— Oh, non, John ! fit-elle en s'abandonnant. »

Sur le fond, p'pa avait raison. Dans les livres de grandma, les choses étaient infiniment moins compliquées que dans la vraie vie. Quant au reste, j'aurais bien voulu savoir pourquoi tous ces types s'appelaient John.

39

La directrice nous attendait dans son bureau.

— C'est à toi de décider, a-t-elle fait en regardant Marka. Je comprendrais parfaitement que tu annules, mais je tiens aussi à te dire que tous ceux qui ont là-bas un frère, un fils ou un ami aimeraient entendre cette chanson. Elle est faite pour eux.

Marka n'a pas répondu, le visage délavé, les yeux un peu perdus.

La Soirée des talents devait avoir lieu le lendemain, et le bureau de la directrice était encombré d'affiches avec notre nom en bas de page, écrit en gros caractères. M&O. Un nom «graphique», comme disait Sarah. Le responsable du comité d'organisation avait décrété qu'on passerait en dernier. «Pour terminer sur un moment d'émotion…»

Sauf que personne ne pouvait prévoir ce qui venait d'arriver.

– On va le faire, a soudain décidé Marka.

Depuis la blessure de Jeff, sa voix gardait les mêmes intonations gutturales que lorsqu'elle chantait, comme si un voile la couvrait en permanence.

40
Avril

Dans une sorte de brouillard ouaté, j'ai entendu la voix de la directrice nous annoncer et les gens applaudir comme des dingues. La plupart d'entre eux ne nous connaissaient que de vue et n'avaient pas la moindre idée de ce qu'on allait chanter, mais Sarah avait chauffé la salle à blanc et il ne manquait pas un lycéen à l'appel. J'étais terrifié, parti pour chanter comme un canard sans sortir une seule note juste ! Il a presque fallu me pousser sur scène.

— Marka, je crois que je ne peux pas y aller, ai-je jeté dans un souffle.

Mais elle a fait semblant de ne pas entendre, m'a pris par la main comme un gosse qui refuse d'aller à l'école et on s'est avancés sur scène. Je clignais des yeux sous les projecteurs, il y avait trop de lumière et il faisait une chaleur à crever. Derrière les rideaux de lumière, je devinais la salle, un peu floue, pleine à craquer, avait assuré Sarah juste avant qu'on monte sur scène. Je préférais ne pas vérifier. Des rangées de silhouettes grisâtres flottaient à mes pieds comme des fantômes.

– Deux, trois, quatre... a soufflé Marka.

Elle a joué l'intro et je suis parti comme prévu, à la quatrième mesure. À vrai dire, je ne savais pas vraiment ce que je faisais, mais on avait tellement répété et répété ce morceau que je fonctionnais en pilotage automatique. Dans un état de demi-conscience, il m'a semblé qu'on s'en sortait pas mal. On jouait bien carré et nos voix étaient en place. Quant au reste... Mes oreilles bourdonnaient légèrement et mes doigts poissaient contre le manche de ma basse.

On est arrivés au dernier refrain d'*Over there*. Enfin... je crois bien qu'on en était là. La voix de Marka doublait la mienne, encore plus bluesy que d'habitude. À moins que ce ne soit un effet des retours qui la déformaient. Je n'étais pas habitué à tout ce matériel. Jusque-là, pas de catastrophe... Et voilà que j'ai soudain entendu Marka s'envoler vers les aigus, comme si elle avait décidé de ne jamais revenir sur terre. Panique ! Ce n'était pas prévu, ça ! Je me suis accroché à ma basse comme un naufragé à sa bouée tout en me laissant emporter par cette voix qui n'en finissait pas de monter. Instinctivement, j'ai senti qu'elle avait raison. C'est comme elle la chantait ce soir que cette chanson devait finir. En nous emmenant tous très loin d'ici, là-bas, à la rencontre de nos frères...

Sauf que Marka aurait pu éviter de se lancer dans des nouveautés à un moment pareil.

Sauf que je ruisselais de sueur à l'idée que je n'allais pas être capable de la suivre dans ses improvisations de dernière minute.

Sauf que, si elle continuait à jouer les Castafiore, on allait se casser la gueule en public et en beauté. C'était sûr !

Je ne sais pas comment elle s'y est prise, mais elle a fini par atterrir, et on est retombés pile sur nos pieds. Son dernier accord exactement sur ma dernière note de basse qui a résonné comme un gong.

Le silence qui a suivi était effarant. On n'entendait que le vague ronronnement des enceintes mais le public ne bougeait pas. C'est seulement là que j'ai réalisé qu'on venait de se planter dans les grandes lignes. On avait cafouillé d'un bout à l'autre sans s'en apercevoir. Le premier concert de M&O serait aussi le dernier. Fiasco complet !

Et puis ça a éclaté comme la foudre. Des applaudissements en rafale, qui crépitaient à quelques pas de moi, de l'autre côté du rideau de lumière. Et des gens qui gueulaient comme si leur équipe venait de marquer un panier. J'ai cherché Marka sans y parvenir, en clignant des yeux comme une chouette, ébloui par toutes ces vacheries de projecteurs. Une main a pris la mienne, m'obligeant à faire quelques pas vers le devant de la scène. C'était Marka. Mon cœur faisait de drôles de galipettes quand on s'est inclinés. Les applaudissements et les cris ne cessaient toujours pas, bien plus soutenus que pour les groupes qui étaient passés avant nous. Avec la chaleur, c'était la seule chose dont je me rendais à peu près compte. D'entendre toutes ces mains qui se martyrisaient les paumes rien que pour nous, c'était à la fois un peu gênant et pas mal affolant. Mais somme toute agréable. Marka m'a pressé la main plus fort et on s'est de nouveau inclinés comme des marionnettes.

Je plissais les yeux, le cœur en pagaille et les joues douloureuses à force d'afficher un sourire parfaitement niais. Dissimulés derrière la brume des projecteurs, je devinais vaguement m'man et, à côté d'elle, p'pa, debout, qui applaudissait de toute la force de ses grosses pognes. J'ai pensé à mon frère. Merde ! Jeremy, si tu voyais ça, si t'entendais ça, tu n'en croirais pas tes yeux, ni tes oreilles, ni rien...

– Merci, a fait Marka. Merci...

Moi, je ne me souvenais même pas que je savais parler.

– Merci, a répété Marka sans me lâcher la main. On a écrit cette chanson pour nos frères, Jeremy et Jeff, qui a été blessé avant-hier.

Elle m'épatait. Même si sa voix vibrait un peu, elle donnait l'impression d'avoir fait ça toute sa vie !

Quelqu'un a braillé :

– *Be safe ! Be safe !*

Un coup monté de Sarah ! Personne d'autre ne savait qu'on avait aussi écrit cette chanson. Personne d'autre n'en connaissait le titre. Et, sans même savoir de quoi il s'agissait, le public a repris en chœur :

– *Be safe ! Be safe !*

Mais, sur ce coup-là, je me sentais presque paisible. Marka-la-perfectionniste allait leur dire qu'on n'était pas au point, qu'il nous fallait encore un minimum de trois cent mille répétitions avant que ça commence à être à peu près correct et qu'ils n'avaient qu'à revenir l'année prochaine. C'était couru d'avance.

Je l'ai alors entendue me glisser à l'oreille qu'on allait prendre *Be safe*, mais un peu plus lentement que d'habitude.

— Mais on va se planter.

— Et surtout, fais gaffe au changement de tempo quand on passera aux couplets, a-t-elle ajouté avec son petit sourire préféré, exactement comme si je n'avais rien dit.

Je n'avais plus le choix. Pas même le temps de m'enfuir.

— Deux, trois, quatre… a compté Marka à mi-voix.

J'ai reculé de quelques pas, histoire de retrouver l'abri éblouissant des projecteurs, et je me suis jeté sur le manche de ma basse comme on se jette à l'eau.

41

Cent treizième jour.

Salut, p'tit frère,

Les photos de la Soirée des talents sont extra, il devait y avoir une sacrée ambiance. Toi et ta petite fiancée, vous êtes sur les sentiers de la gloire. Je le sens. On ne peut pas en dire autant de nous ici.

L'histoire de Jeff m'a foutu un coup de cafard terrible. Je ne peux plus voir un camion sans y penser. En ce moment, les attaques comme celle-ci sont presque quotidiennes et on reste sur le qui-vive du matin au soir. J'ai tenté de savoir où il était hospitalisé, mais rien à faire. Les gradés ne tiennent pas à ce qu'on visite les blessés. Pas bon pour le moral des troupes, paraît-il. Alors que, si ça se trouve, il n'est qu'à deux pas d'ici !

Le lendemain même de cette nouvelle de merde, les patrouilles « D » dont je t'ai parlé ont débuté. On est allés dans des coins où nos informateurs pensaient avoir découvert des caches d'armes, ou des explosifs, ou je ne sais quoi… Des quartiers de misère. Il faisait une chaleur à crever et, avec le vent qui soufflait du désert, c'était pire encore.

Au début, tout s'est à peu près bien passé. Les habitants se montraient plutôt coopératifs et on s'est dit que, finalement, ça allait être de la routine. On aurait dû se méfier. Ici, la routine peut vite devenir mortelle. En fait, ces gens ne nous regardent pas. Pour eux, nous n'existons pas. On passe à côté d'eux comme des fantômes et ils ne relèvent même pas la tête, exactement comme si on était transparents. Ils me donnent l'impression qu'on n'habite pas le même monde.

Rien à signaler donc, jusqu'au moment où on a découvert deux kalachnikovs planquées sous un tas de planches. On était chez un vieux bonhomme et toute sa famille habitait là. Ils se sont massés autour de nous à attendre en silence de voir ce qui allait se passer. On était tous sur les nerfs. Un mot de trop, un geste déplacé et ce genre de situation a vite fait de dégénérer en un truc incontrôlable. Le lieutenant a engueulé le vieux, il voulait savoir d'où venaient ces armes, ce qu'il comptait en faire et tout le reste. Et en face, le type souriait de toutes ses dents pourries, comme s'il se foutait de lui.

Le lieutenant a perdu les pédales et lui a fourré un coup de crosse dans le ventre. Le type s'est écroulé. Dans la seconde qui a suivi, un coup de feu a claqué et le lieutenant est tombé raide. Ensuite, il y a eu des tirs d'armes automatiques. Première fois qu'on me tirait dessus. Tout le monde s'est planqué derrière les murs, mais pas assez vite pour une gamine qui jouait dans la maison. Cinq ou six ans, pas plus. Elle s'est pris une balle, sous mes yeux. Sa mère s'est précipitée en hurlant, c'était terrible, Oskar. Elles étaient à dix pas de nous, la mère avec sa fille dans les bras, tout le sang de la gamine foutait le camp et personne ne pouvait rien faire parce que ça tirait de partout. La petite, elle, ne disait rien, ne criait pas, j'avais l'impression qu'elle me regardait. Elle est morte comme ça, les yeux fixés sur moi pendant que sa mère hurlait. Le sergent a repris le commandement en me gueulant de me secouer et de faire mon boulot de tireur. La plupart des coups de feu provenaient d'une petite lucarne, de l'autre côté de la rue. Un truc si étroit que le sniper était obligé de sortir un peu la tête à chaque rafale.

J'ai fait ce qu'on m'avait appris. J'ai calé mon arme, exactement comme si je visais n'importe quelle cible, je me sentais parfaitement calme et, quand le type a pointé le museau, j'ai tiré. Il a basculé en arrière. Mais ça tirait toujours. Le sergent m'a indiqué une autre fenêtre derrière laquelle un autre type s'était embusqué. J'ai refait mon boulot. Et ainsi de suite, jusqu'à ce que tout se calme.

Quand on a enfin pu sortir de toute cette horreur, j'avais descendu cinq «*bad guys*», et les copains me tapaient dans le dos en me disant que j'étais un vrai champion. La gamine, elle, était morte. On a à peine eu le temps de rentrer au camp que j'ai dégueulé tout ce que j'avais dans le ventre.

Il paraît que c'est grâce à moi qu'on s'en est sortis et le sergent veut me proposer pour une citation. S'il savait où il peut se la mettre, sa citation !

Putain ! Je devais construire des ponts, moi !

J'arrête là. Je me méfie de ceux qui passent dans mon dos, mine de rien. Les gradés n'aiment pas qu'on se pose trop de questions et je deviens parano.

Toujours pas de nouvelles de Leon, qu'est-ce qu'il fout ?

Be safe.

J.

— Montre-moi les autres e-mails, Oskar.

J'ai bondi de ma chaise. Depuis combien de temps p'pa était-il là, dans mon dos, à lire l'e-mail de Jérémy par-dessus mon épaule ?

Je ne l'avais pas entendu entrer! Il avait réussi à monter les escaliers sans un bruit. Un exploit, avec sa patte folle. Je suis resté un moment à ne pas savoir quoi dire.

— Ils sont tous aussi terribles que celui-ci? a-t-il repris.

J'ai hoché la tête.

— C'est Jéremy qui m'a demandé de ne pas vous les montrer, il ne veut pas vous inquiéter.

— Montre-les-moi.

— Mais je lui ai promis de…

— Maintenant que je sais, qu'est-ce que ça change?

Un à un, j'ai ouvert les e-mails que j'avais planqués au fond de mon ordinateur, p'pa s'est laissé tomber sur la chaise, il a tripoté la souris de ses gros doigts crasseux et, sans un mot, s'est mis à lire tout ce que Jeremy m'avait envoyé depuis le début.

Ça a pris du temps. Il décortiquait chaque mot, comme s'il cherchait à les apprendre par cœur.

— Tu n'en parles surtout pas à ta mère, a-t-il fait en se levant.

Ses yeux brillaient. Il est parti sans rien ajouter. Je l'ai écouté descendre l'escalier marche à marche, agrippé des deux mains à la rampe pour ne pas dégringoler.

Ne pas en parler à m'man! Comme si je l'avais attendu pour ce genre de conseil! Ça ne faisait jamais qu'un secret de plus dans la famille.

42

Quelques semaines plus tard, alors que j'étais sur le point de partir pour le lycée, deux voitures de flics ont déboulé à l'angle de la rue, toutes sirènes hurlantes.

Elles ont pilé devant chez les parents de Leon. Quatre types en civil en sont sortis en claquant les portières façon cow-boys pendant que deux autres, en treillis, jaillissaient d'une jeep. Ils se sont mis à cogner comme des sourds à la porte des Di Nardo. La mère de Leon leur a jeté un coup d'œil effaré par la fenêtre. Les deux hommes en treillis lui ont hurlé d'ouvrir, sinon ils défonçaient la porte. Ils portaient un brassard « MP », *Military Police*. Les autres étaient des fédéraux, des gars qui ne se déplaçaient que pour des choses importantes. Rien à voir avec les flics d'ici qui ne s'occupaient la plupart du temps que des chiens écrasés.

La porte à peine entrouverte, ils se sont précipités à l'intérieur.

On était quelques-uns à regarder ce qui se passait quand nos flics à nous, ceux de la police municipale, ont déboulé à leur tour.

— Faut pas rester là, les jeunes. Allez ! Dégagez ! C'est l'heure du lycée !

Ils nous moulinaient leurs matraques sous le nez, histoire de nous faire reculer, mais, dans une petite ville comme la nôtre, les flics ne jouent jamais très longtemps les gros bras. On les appelait par leurs prénoms et ils nous appelaient par le nôtre. Ils ont fini par se calmer et on est tous restés là à regarder comme au cinéma ce qui se passait chez les Di Nardo.

Le père de Leon est arrivé un peu plus tard, comme une fleur, au volant de son Escort, alors que la séance était déjà bien entamée. Il revenait de la première de ses balades quotidiennes, destinées à ajouter quelques kilomètres au compteur de sa voiture. Il n'a pas eu le temps de faire trois pas qu'il s'est fait cueillir par l'un des fédéraux qui lui a demandé ses papiers. Il a d'abord tenté de parlementer, de comprendre ce que ces gars-là lui voulaient.

C'est un grand type, bronzé comme s'il revenait de vacances, qui lui a expliqué.

Voilà dix jours que Leon ne répondait plus à l'appel dans la base à laquelle il avait été affecté. Il avait disparu au cours d'une période de repos, en dehors de toute opération militaire.

— Alors, monsieur, a fait le flic, il reste deux possibilités. Soit votre fils a été enlevé par un groupe qui ne va pas tarder à se manifester, soit il a tenté de déserter. Et, dans les deux cas, je n'aimerais pas être à sa place.

Pendant ce temps, les autres continuaient de fouiller la maison de fond en comble, ils vidaient les armoires, renversaient les tiroirs, fourrageaient jusque sous les matelas. Au bruit, on avait l'impression qu'ils avaient installé un ring de catch et que le combat venait de commencer.

Ils sont repartis moins d'une heure plus tard en laissant un chantier pas possible. Ils emportaient les quelques lettres que Leon avait envoyées depuis qu'il était parti et sa mère pleurait.

J'ai préféré ne rien dire à Jerem' dans l'e-mail que je lui ai envoyé le soir même.

*
* *

Le lendemain, l'Escort du père de Leon a perdu toutes ses chances de figurer un jour dans le *Livre des records*. Il a fait trois tonneaux en sortant de la ville. Personne n'a compris comment il s'y était pris pour réussir un coup pareil sur une route aussi parfaitement rectiligne. Même pas lui. On l'a retrouvé en larmes, à quelques pas de sa voiture qui brûlait, avec rien de plus grave que quelques côtes cassées.

Trois cent quatre-vingt-quinze mille kilomètres, ce n'était pas suffisant pour figurer dans le *Guinness des records*.

43

— La musique, c'est bien mignon, Oskar, mais faudrait peut-être penser à ce que tu veux faire plus tard. Je te parle de quelque chose de sérieux, qui te permettrait de vivre autrement que comme un traîne-misère.

Ce n'était pas tellement le genre de p'pa de sortir des phrases toutes faites, mais là il se surpassait.

C'était à cause de cette fille qui devait venir nous écouter, Marka et moi. Ça l'inquiétait. Elle s'appelait Marie — « à la française, I-E à la fin », avait-elle précisé au téléphone — et travaillait pour je ne sais quelle maison de disques. De passage chez sa cousine le jour de la Soirée des talents, elle l'avait accompagnée par désœuvrement, le peu qu'on avait joué ce soir-là lui avait plu et, maintenant, elle voulait nous rencontrer. Personne n'en savait plus et il y avait de quoi être sur les nerfs. N'empêche que j'avais du mal à suivre p'pa.

— Mais tu as dit toi-même que nos chansons étaient super !

— Possible, mais de là à vous prendre pour les Rolling Stones !

Côté rock, c'était comme pour les voitures. P'pa était surtout spécialiste de la préhistoire.

— On ne se prend pour personne. C'est juste cette fille qui veut écouter ce qu'on fait, Marka et moi. Rien de plus. Je ne vois pas où est le mal.

— Elle va vous monter le bourrichon ! Voilà où il est, le mal. Il ne suffit pas de se faire applaudir à la Soirée des talents pour devenir une star...

« Se monter le bourrichon », c'était l'une des expressions de grandma ! Avec p'pa, ils devaient être les derniers à utiliser ce genre de phrase. J'ai haussé les épaules.

— En attendant, je préfère me prendre pour les Rolling Stones que passer ma vie sous le cul de tes voitures pourries.

J'ai dû à la jambe de p'pa de ne pas prendre ma première baffe depuis bien des années. Il a basculé en arrière, s'est rattrapé de justesse en jurant et on en est restés là, à se regarder en chiens de faïence, comme deux imbéciles. J'ai tenu le coup une demi-seconde avant de baisser les yeux. Jusqu'à présent, hormis quelques engueulades inévitables, les choses s'étaient plutôt bien passées entre nous et je ne comprenais pas pourquoi je lui avais balancé un truc pareil. Il a haussé les épaules en marmonnant quelque chose dans lequel il était question de « petit con » et a filé se couler sous la Tornado des Martinez, l'une des habituées de son atelier.

— Je ne supporte pas ce genre de scène, a fait m'man en sourdine. Tu n'en sais peut-être rien, mais ça n'a pas été facile pour Frank de...

— Si, je sais. Il y a eu le Vietnam, sa blessure et tout le reste...

M'man m'a fixé avec des yeux comme des soucoupes. Mais on n'a pas eu le temps d'approfondir, la « fille qui allait nous monter le bourrichon » arrivait déjà avec Marka.

Une femme plus qu'une fille. La trentaine, toute simple, habillée comme tout le monde. Un mauvais point pour p'pa, qui avait prédit une furie punko-branchée aux cheveux rouge vif, avec des piercings plein le nez et les oreilles comme des passoires. « Ils sont tous comme ça, dans ce milieu. C'est leur uniforme ! »

Marka a fait les présentations. J'ai bien sûr cafouillé, bafouillé et me suis comporté une fois de plus comme le roi des empotés.

Marie s'est assise dans un coin du garage pendant qu'on accordait nos instruments.

— On joue quoi ?

— Tout, a-t-elle fait. Vous jouez tout.

— Même ce qui n'est pas au point ? Même les reprises ?

— Tout...

On avait deux nouvelles chansons en réserve. La première sur les blessures de Jeff, une chanson écrite comme une lettre, dans laquelle on lui disait qu'il nous manquait et qu'on l'attendait. C'était *Jeff*, tout simplement. Quant au titre de l'autre, c'était *Sand dust*, « Poussière d'ocre ». Une chanson sur ces images que la télévision diffusait presque en boucle, les villes à demi détruites, les rues défoncées dans lesquelles les gens se pressaient, les ruines fumantes des attentats, les voitures calcinées, les visages ensanglantés des blessés et le vent incessant qui soulevait des tourbillons de sable. Et, en guise de refrain, on reprenait des annonces de pub.

On a commencé à jouer, plutôt tendus mais tellement concentrés sur ce qu'on faisait qu'on en a presque oublié la présence de Marie. On enchaînait les morceaux, en se contentant d'annoncer les titres. Marie ne disait rien mais ne nous quittait pas des yeux.

On a terminé sur une reprise de Natalie Merchant avant de la regarder. On n'avait plus rien à jouer.

— Intéressant, a-t-elle fait avec une moue d'approbation. Vraiment. Il y a de bonnes trouvailles, même si certains passages sont à reprendre.

Intéressant! De bonnes trouvailles! Des choses à revoir... C'était la douche froide. Je m'étais presque attendu à ce qu'elle hurle au génie, ou à ce qu'elle nous propose d'enregistrer sur-le-champ le disque du siècle, avec une tournée mondiale à la clé! Rien de tout ça! Elle nous a posé pas mal de questions sur la façon dont on travaillait et nous a conseillé de ne surtout pas tenir compte des remarques des uns ou des autres. Si on avait un doute, c'était à elle qu'on devait s'adresser, et elle s'est levée en nous tendant sa carte.

— Rappelez-moi quand vous aurez une douzaine de chansons prêtes. À ce numéro.

Elle l'a entouré au stylo.

— Et il se passera quoi, à ce moment-là? a demandé Marka.

— Je reviendrai vous écouter, a-t-elle lâché avec un grand sourire.

Et elle est repartie sans nous en dire plus. En la raccompagnant, on est passés devant l'atelier de p'pa, elle y a jeté un œil et s'est arrêtée net.

— Excusez-moi... C'est bien une Tornado que vous avez là ?

P'pa s'est extirpé de son moteur, les pognes pleines de cambouis.

— Ouaip ! Tornado de 78, modèle XS.

— Mes parents avaient la même.

— C'est fort possible, il s'en est vendu beaucoup. À l'époque, les usines du Michigan en fabriquaient pas loin de cent vingt par heure, de jour comme de nuit. Alors forcément...

Marie tournait autour de la voiture.

— Je peux m'asseoir ?

P'pa a hoché la tête tandis que Marie se glissait sur le siège, les mains sur le volant.

— Pouvez même la démarrer, si le cœur vous en dit.

Il lui tendait les clés. Marie a mis le contact et est restée un moment, un demi-sourire aux lèvres, à écouter le ronflement du moteur.

— Exactement le même bruit que quand j'étais

gamine... Ma grand-mère habitait à l'autre bout du pays, sur la côte Est, ça faisait des voyages interminables.

— C'était un bon moulin, a approuvé p'pa.

Marie a coupé le moteur.

— Merci. Ça m'a fait très plaisir. Bonne journée.

Elle lui a serré la main en se moquant complètement de la crasse. P'pa a attendu qu'elle disparaisse pour se tourner vers nous.

— Une fille bien, on dirait...

Il s'est tourné vers Marka.

— Je sais qu'en ce moment vous avez du mal à vous quitter, Oskar et toi, mais j'aimerais lui dire deux mots en particulier, si ça ne te gêne pas... Sans témoin.

Marka a lâché son petit rire favori avant de filer avec un signe de la main.

— À plus tard, Oskar.

Quant à moi, je me doutais un peu de ce qui m'attendait.

44

P'pa s'appuyait du bout des fesses sur le capot de la voiture des Martinez.

— Ta mère m'a répété ce que tu as dit, tout à l'heure, juste avant l'arrivée de miss Tornado…

Jamais il n'appelait m'man autrement que « ta mère », comme si elle n'avait pas de prénom. Il attendait visiblement une réponse mais, comme il n'avait pas posé de question, j'ai attendu la suite.

— Qu'est-ce que c'est que cette histoire de Vietnam ? a-t-il repris. D'où ça sort ?

— Tu le sais mieux que moi, non ?

— Ça vient de Jeremy, hein ! C'est ça ? Et de ce Frank O'Neil, ce foutu tireur de Fort Carolina qui s'appelait comme moi. Vous vous êtes monté tout un film là-dessus, c'est ça ?

— Ce « foutu tireur », comme tu dis, ne s'appelait pas seulement comme toi, p'pa. C'était toi… C'est toi.

Il a hésité une seconde, comme un funambule qui cherche à conserver son équilibre.

— Pas tout à fait, Oskar, a-t-il fait à mi-voix, pas tout à fait. C'était un type beaucoup plus jeune que moi, un type qui, à l'époque, avait deux jambes en état de marche et qui se prenait pour une sorte de demi-dieu simplement parce qu'il était capable de mettre dix balles de suite dans le cœur de la cible. Mais ce Franck O'Neil-là a disparu le jour où il a fallu tirer pour de vrai dans la tête d'un homme.

Il est resté un moment silencieux.

— L'e-mail de Jeremy, l'autre soir, j'aurais aussi bien pu l'écrire à l'époque. Presque avec les mêmes mots.

— Pourquoi tu ne nous as jamais rien dit ? Pourquoi t'en as jamais parlé ?

Il s'est passé la main sur le visage en y abandonnant une traînée de cambouis.

— Ça ne me semblait pas une bonne idée que mes enfants apprennent que leur père avait descendu des dizaines de pauvres types. C'était en temps de guerre, mais je me suis toujours demandé si ça faisait de moi un assassin... Je préfère l'image du petit bricoleur qui se traîne sous des moteurs, même si elle est moins héroïque. Mais tu as raison.

Peut-être que, si j'en avais parlé, jamais Jeremy ne se serait embarqué dans cette histoire. Je ne sais pas...

Au loin, on entendait le grondement de voitures qui filaient sur la highway.

— On a regardé les photos de ton cahier. Tu t'en es aperçu ?

— Je crois que oui, mais je n'y ai pas vraiment prêté attention... Il n'était pas rangé au même endroit que d'habitude et j'ai cru que je l'avais mal remis.

— Un jour, je t'ai surpris à le regarder et les faire-part sont tombés par terre. Tu t'en souviens ?

Il a hoché la tête.

— Et vous avez tout feuilleté ? Tout regardé ?

— Ouaip... Page à page, depuis le début.

— Même la photo où...

Il n'a pas eu besoin de finir. Je savais de quoi il voulait parler. J'ai repensé au visage ensanglanté du Vietnamien et au sourire de p'pa.

— Même celle-là, oui...

— Pas de quoi être fier, hein ?... Je me suis dit mille fois que j'allais déchirer ces saletés et les balancer au feu. Mais je n'ai jamais pu me décider. De la sentimentalité mal placée. Quant à cette photo... Le jour où on a attrapé ce type, on était persuadés que c'était lui qui avait tué Steeve d'une balle dans le dos. Persuadés de le reconnaître. On était comme des enragés. En fait, on s'est acharnés sur lui uniquement parce que c'est le premier qui nous est tombé sous la main après l'embuscade. On le savait tous, mais à l'époque pas un de nous ne l'aurait admis.

— On a aussi vu la photo de Steeve.

Il a esquissé un sourire.

— Steeve... C'est un peu grâce à lui que tu es là aujourd'hui.

— Comprends pas...

— Il y a des quantités de choses qu'on ne vous a jamais dites.

Il s'est appuyé sur le capot de la Tornado qui s'est enfoncé d'un coup sous son poids. Il a donné un coup de l'autre côté de la tôle pour la redresser.

— Elle en a vu d'autres... Steeve, c'était le frère de ta mère. Le demi-frère exactement. C'est grâce à lui qu'on s'est rencontrés, elle et moi, mais ça, il ne l'a jamais su. Avec Steeve, on a tout fait ensemble au Vietnam, sauf y mourir. On est partis le même jour, par le même avion, on a été affectés à la même compagnie et on s'est battus côte à côte... La première chose que j'ai faite dès que j'ai réussi à remarcher, après ma blessure, ça a été d'aller voir ses parents pour leur apporter des affaires qui lui avaient appartenu. Ta mère était là, sa sœur, bien plus jeune que moi… Par la suite, j'y suis retourné régulièrement et, plus tard, quand on s'est mariés, on a décidé de ne pas en parler. C'était terrible de se dire que ce qui nous avait rapprochés, c'était la mort de quelqu'un qu'on aimait. C'est pourtant ce qui s'est passé.

Je ne disais rien, un peu abasourdi. Je repensais à nos baisers de l'autre jour, avec Marka, le soir où on avait appris que son frère était blessé.

De loin, j'ai reconnu le bruit caractéristique de l'Oldsmobile de m'man, une Tornado, elle aussi, mais encore plus déglinguée que celle des Martinez. Elle remontait en cahotant le bout de route parsemé de nids-de-poule qui menait jusque chez nous. Elle serait là dans quelques instants et, parmi les milliers de questions que j'avais en réserve, il y en avait une à laquelle je tenais particulièrement.

– Et… et la fille à qui tu donnes la main, c'était ta copine de l'époque ?

– Oui. Mais ça n'a pas duré longtemps. C'était une situation plutôt difficile.

– Elle était vachement belle.

– Vachement, ouais… Et puis c'était une fille bien.

— Tu regrettes ?

Il a hésité un moment.

— Tout aurait été très différent.

— Et m'man, elle est au courant ?

— Mmmouais...

La voiture a freiné devant l'atelier en couinant et m'man a passé la tête quelques secondes plus tard.

— Ça y est ? Vous vous êtes rabibochés ?

— Ouaip, a fait p'pa. On avait pas mal de trucs à se dire.

45
Juin

P'pa s'est engagé sur la highway. Je devinais les gens qui se retournaient au passage de la Studebaker, c'était une voiture qui attirait les regards. Assise à côté de p'pa, raide, les yeux un peu perdus, la mère de Marka fouillait dans son sac à la recherche de ses cigarettes tandis que, sur la banquette arrière, mes doigts entrecroisaient ceux de Marka. On pensait tous à la même chose : à la fin de la journée, lorsqu'on reviendrait de la base militaire, Jeff serait avec nous.

Neuf semaines qu'il avait été blessé, et presque deux mois qu'il avait été rapatrié, mais, pour de mystérieuses raisons et malgré les quantités de lettres qu'elles avaient envoyées au département de la Défense, ni Marka ni sa mère n'avaient eu jusque-là l'autorisation d'aller le voir dans l'hôpital militaire où il était suivi, à l'autre bout du pays. Après je ne sais combien d'opérations, les médecins avaient réussi à sauver sa jambe droite. Mais l'autre, ils avaient dû se résoudre à l'amputer.

L'officier en charge de son dossier avait bien proposé qu'une ambulance ramène Jeff chez lui. «Je l'accompagnerai personnellement jusqu'à votre domicile...» Mais la mère de Marka avait refusé, elle préférait se débrouiller seule. «Comme j'ai toujours fait.» Sauf que, au dernier moment, elle s'était rendu compte que jamais elle ne parviendrait à conduire. P'pa lui avait alors proposé de l'accompagner.

*
* *

De part et d'autre de la Studebaker, les herbes ondulaient à perte de vue, la route taillait droit au travers de la prairie, interminablement rectiligne. Bientôt trois heures qu'on roulait et on n'avait pas dû croiser plus de dix voitures.

Une masse de bâtiments sombres s'est peu à peu profilée au loin. Sur le bas-côté, des panneaux annonçaient le camp militaire. Des miradors se sont dressés au-dessus des herbes. Puis l'enceinte hérissée de barbelés. De gigantesques antennes filaient vers le ciel et le drapeau claquait dans le vent.

Premier poste de contrôle. Un militaire en treillis a fait le tour de la voiture, l'arme à l'épaule. Ses rangers raclaient le bitume. La mère de Marka lui a tendu la lettre qu'elle avait reçue de l'état-major. Il l'a examinée tout en nous dévisageant comme s'il nous soupçonnait d'être un commando de kamikazes et a fait signe au planton. La barrière s'est ouverte.

Second poste, cent mètres plus loin. Nouveau contrôle des papiers. Fouille du coffre et de nos sacs.

– On est en vigilance renforcée, a expliqué un sergent.

– Et pourquoi ça ?

L'autre a haussé les épaules. Ce n'était pas son problème. Il nous a rendu nos papiers.

– Attendez là, on va vous venir vous chercher.

Il observait la voiture de p'pa.

– Chouette bagnole que vous avez là.

P'pa s'est contenté d'un signe de tête. Pour une fois, il n'avait aucune envie de parler moteurs.

Je n'avais pas quitté la main de Marka depuis notre départ, mais, lorsque sa mère s'est tournée vers nous, je l'ai lâchée comme si je venais de m'ébouillanter. Elle a esquissé un sourire.

– Ça va aller ? a-t-elle demandé.

Marka a grimacé une moue indécise en me

reprenant la main sous les yeux de sa mère qui, de nouveau, a souri. Elle a allumé une autre cigarette et l'officier est arrivé, l'air d'avoir avalé son parapluie. C'était celui que j'avais vu sortir de chez eux, le soir où il leur avait appris la blessure de Jeff. Il a salué, a indiqué à p'pa où garer la voiture et nous a rejoints.

— Je suis entré en contact avec le pilote il y a quelques minutes. L'hélico ne devrait plus tarder, maintenant.

Marka a abandonné ma main pour celle de sa mère et on est restés plantés sur place, sans échanger un mot, à guetter le ciel. Un bourdonnement d'insecte est monté de l'horizon, presque imperceptible. Un point noir a surgi au ras des bâtiments, grossissant de seconde en seconde, et le boucan des tuyères s'est amplifié jusqu'à devenir insupportable. L'hélico s'est dandiné à quelques mètres du sol avant de descendre dans une tempête de poussière. Il a touché le sol, le pilote a coupé les gaz et le sifflement des moteurs s'est peu à peu atténué.

— Si vous voulez bien me suivre, a fait l'officier-parapluie.

Son regard évitait ceux de Marka et de sa mère. Elles se sont avancées toutes les deux tandis que je restais en arrière avec p'pa. Les pales tournaient encore lorsque la portière de l'hélico a coulissé. J'ai retenu mon souffle. Pendant quelques secondes, on a deviné des mouvements dans la pénombre de la cabine et puis deux types ont sauté à terre, ils ont attrapé le fauteuil roulant qui était sanglé dans l'hélico et l'ont déposé au sol. Une couverture verdâtre couvrait les jambes de Jeff. De loin, on lui donnait dix ans de plus. Il a souri, l'air égaré. Marka et sa mère se sont précipitées tandis que l'officier-parapluie se raidissait encore.

Je me suis tourné vers p'pa. Il pleurait. De vraies larmes qu'il n'essayait pas de cacher et qui lui pendouillaient au bout du nez avant de tomber dans la poussière.

Je me suis détourné sans oser le regarder, ni lui tendre mon mouchoir, ni rien. Gêné de voir soudain toute la fragilité de cette grande carcasse. De l'autre côté des barbelés, le vent froissait les herbes et les nuages filaient à toute allure vers l'horizon.

Ça faisait exactement cent quarante-neuf jours que Jeff et Jeremy étaient partis.

46

Une famille entière de ragondins est passée entre les piles du pont, sans me voir, presque à mes pieds. La mère et ses petits ont accosté sur la rive et se sont engouffrés à la queue leu leu dans leur terrier. La nuit tombait, une nuit de juin comme on en avait souvent par chez nous, tiède et secouée par de grands éclairs silencieux qui zébraient le ciel au-dessus des usines. Marka était en retard. Je l'imaginais avec Jeff. Ou plutôt je ne l'imaginais pas. Que dit-on à son frère qui vient de perdre une jambe dans l'explosion d'une bombe ? Ce matin, pendant le trajet de retour, j'avais tout fait pour ne pas regarder la couverture qui lui cachait les jambes, mais mes yeux y revenaient sans cesse, comme aimantés.

L'officier-parapluie avait donné des consignes. Chaque jour, une infirmière passerait voir Jeff pour refaire ses pansements et, chaque semaine, une ambulance allait l'emmener à l'hôpital militaire pour le suivi de ses blessures. Sa rééducation ne débuterait qu'une fois qu'elles seraient totalement cicatrisées.

Je me suis retourné en entendant une galopade, Marka a foncé dans mes bras, j'ai enfoui mon visage dans son cou et on s'est embrassés à en perdre le souffle. Elle avait pleuré.

– Mais juste un peu, a-t-elle fait avec un petit sourire mouillé, ce n'est pas grave ! On a fait bien mieux, avec Jeff ! C'est pour ça que je suis en retard. On a écrit une chanson ! Il était crevé, à demi abruti par ses calmants, mais il y tenait. Il n'arrêtait pas de répéter que c'était le premier truc intelligent qu'il faisait depuis des mois. On y a passé tout l'après-midi. Ça s'appelle *The two-legged man,* «L'homme à deux jambes».

Elle m'a tendu une feuille.

– Tiens, regarde. Je crois que ça va te plaire

J'ai senti une minuscule pointe de jalousie se ficher en moi comme le dard d'une guêpe. Nos chansons, j'avais envie qu'on les écrive à deux, rien que Marka et moi.

– Faut qu'on trouve une super musique à mettre dessus. Je te laisse les paroles et je file retrouver

Jeff, je ne veux pas le laisser trop longtemps, tu comprends...

Elle m'a claqué un petit baiser au coin des lèvres avant de disparaître.

— Et tu penses à la musique, hein !

47

– Hé, les M&O !

Sarah nous a rattrapés devant le lycée.

– J'ai l'impression que vous oubliez un peu facilement que je suis votre imprésario. Ça n'a pas l'air de beaucoup vous préoccuper !

Elle avait sa tête des jours de tragédie. Marka s'est mise à rigoler.

– Je ne vois pas ce qu'il y a de drôle ! a fulminé Sarah. Je ne sais plus où donner de la tête, moi ! Je dois m'occuper de toute la programmation de la fête de fin d'année. Tu n'imagines pas le boulot ! C'est le 5 juillet, l'affiche doit être prête pour demain. Ceux qui sont programmés au début se plaignent que tout le monde arrive toujours en retard et que ce sera le bazar quand ils vont jouer. Ceux qui sont à la fin disent que les gens en auront marre et que personne ne les écoutera. Bref !

Personne n'est jamais content. Mais vous, vous êtes mon groupe préféré, mes chouchous. Le groupe préféré de tout le monde, d'ailleurs !

— Mais personne ne nous connaît ! On n'a joué qu'une fois en public.

— Eh bien, je peux dire que les gens en parlent encore. Ça les a marqués. Alors je vous laisse le choix. Vous préférez passer au début, au milieu ou à la fin ?

— Ben… Ça dépend de la place qui te reste.

— Waouh ! a hurlé Sarah, à la limite de l'hystérie. Alors ça, c'est la classe. Si, si ! Très grands seigneurs ! Le signe que vous êtes vraiment bons ! Au-dessus de la mêlée ! De toute manière, je ne m'inquiète pas. Où que vous soyez placés, ce sera le délire ! Bon, alors je vais vous mettre… Euh…

Elle a feuilleté un carnet gribouillé dans tous les sens.

— Fin de seconde partie, comme la dernière fois, ça vous va ?… Combien de chansons ? Cinq ? Dix ?

— Bon, cinq, a-t-elle décidé sans attendre la réponse. Parce que, sinon, les autres vont crier à l'injustice. Mais il y aura des rappels. Vous finirez à dix, les gens vous adorent. Allez, je vous laisse, les amoureux. Je file, j'ai encore cinq groupes à caser.

Les plus mauvais, mais ce sont bien sûr les plus pénibles ! Ils se prennent tous pour des stars !

Elle s'apprêtait à remballer son carnet lorsqu'elle m'a jeté un coup d'œil accompagné d'un sourire carnassier.

– Et toi, tu as intérêt à être drôlement gentil avec Marka, parce que, pour moi, elle est comme une sœur et qu'en ce moment elle a besoin d'amour. C'est compris ? Je passerai vous écouter dans votre garage un de ces jours, les agneaux ! *Bye !*

Et elle a filé en courant.

La plupart du temps, je ne comprenais absolument rien à ce que Sarah avait derrière la tête.

48

Cent soixante-cinquième jour.

Salut, p'tit frère,
J'ai tellement de choses à te dire que je sais pas par quoi commencer. Ici, rien ne va plus, et personne ne sait ce qu'il faudrait faire pour arrêter toutes les atrocités qu'on voit chaque jour. C'est la pagaille partout, y compris dans les crânes.

J'hésite un peu à te raconter tout ça, mais j'ai besoin que ça sorte, besoin de le dire à quelqu'un, et le seul que j'ai sous la main, c'est toi. Mille excuses pour ce qui va suivre.

Il y a cinq jours, ma section a été envoyée en urgence dans les quartiers est. Un coin qu'on redoute tous comme la peste. Il venait d'y avoir un règlement de comptes comme on en voit ici presque chaque jour, un truc d'une sauvagerie terrifiante. Que ce soit vrai ou non, les pauvres gars que les enragés soupçonnent de nous fournir des renseignements ne font pas de vieux os. On retrouve leurs cadavres abandonnés là où ils ont été abattus comme des chiens.

Sur place, c'était une véritable boucherie. Une horreur comme personne ne peut l'imaginer. On est tombés sur trois types décapités. Leurs corps disloqués traînaient au milieu de la rue. Ils avaient encore les mains attachées derrière le dos et leurs têtes avaient roulé dans la poussière. Il n'y avait personne en vue. Ou plutôt on ne voyait personne. Ni dans les rues ni dans les maisons. Un silence de mort, le quartier entier semblait désert. C'est toujours comme ça. Quand il vient d'y avoir un règlement de comptes, personne n'est pressé de se montrer, mais, par-derrière, on pouvait être certains que des centaines d'yeux nous surveillaient. Il y avait juste cette saleté de vent qui nous rend tous fous furieux et le bourdonnement des mouches qui tournicotaient dans la chaleur comme des dingues.

Fallait que quelqu'un aille y voir de plus près. J'étais le seul de la bande à ne pas être marié et à ne pas avoir d'enfants, le nouveau lieutenant m'a désigné. Je suis sorti du Humvee sur le qui-vive. Je faisais une cible idéale et je le savais. N'importe quel sniper pouvait me tirer comme un lapin et un simple rideau qui bouge peut abriter un tireur. Sans compter que toute cette mise en scène dégueulasse pouvait très bien cacher un piège. Ici, on apprend à se méfier de tout, même des morts ! Un chien crevé au bord de la route peut dissimuler une bombe. Je me suis approché, le cœur au bord des lèvres. À chaque pas, je soulevais des essaims de mouches, elles faisaient un vacarme terrifiant. Il a fallu que j'examine un à un ces pauvres gars, que je les retourne du bout du pied avant de faire signe aux autres qu'ils pouvaient me rejoindre.

On ruisselait de sueur. On était tous à bout de nerfs, tendus comme des cordes, la trouille nouée au ventre et le doigt sur la détente, prêts à tirer au moindre mouvement. Je me souviens qu'on entendait une radio en sourdine sans savoir d'où ça provenait, et que ce simple petit bruit résonnait comme une menace. C'est à ce moment-là que Chris a perdu les pédales. Ça lui a pris d'un coup, il s'est mis à hurler comme un dément en shootant dans les têtes comme s'il s'agissait de ballons de foot. Il a fallu s'y mettre à trois pour le maîtriser. Mais ses hurlements étaient pires que tout, comme s'il souffrait de façon insupportable.

À notre retour, on l'a emmené à l'infirmerie. Il tremblait de partout et pleurait comme un gosse, personne ne l'a revu depuis. Ils planquent les « psys » encore plus que les blessés. Un type qui pète les plombs en déstabilise des dizaines. La preuve, c'est que, le soir même, Martin s'est tiré une balle dans le pied dans l'espoir de se faire renvoyer chez lui. Les gens deviennent dingues.

Le psy de service est venu nous rendre visite, il a demandé si on avait besoin de parler de ce qu'on avait vécu, il assurait que ça pouvait nous faire du bien, nous aider à y voir clair dans ce qu'on faisait ici et tout le tintouin. Stan lui a répondu que le seul truc dont on avait vraiment besoin, c'était de rentrer chez nous.

Mais il n'avait pas tort, le psy, il fallait que je te raconte toutes ces saletés, Oskar. Excuse-moi encore, mais pour l'instant tu es mon seul point d'ancrage.

De toute façon, ça ne peut plus durer. Je ne supporterai plus longtemps ce qui se passe ici, ou alors je vais devenir aussi cinglé que Chris ou Martin.

Au milieu de tout ce merdier, il y a peut-être une bonne nouvelle. Elles sont si rares qu'on s'y accroche comme à des bouées. Ça fera six mois début juillet qu'on est arrivés ici et le bruit court que notre compagnie va avoir une permission ! J'essaie de ne pas me faire trop d'illusions, mais je ne pense qu'à ça. Et je te promets, p'tit frère, que si je l'obtiens, cette permission, je saurai quoi en faire !

Dis bien à Jeff que je pense à lui à chaque heure qui passe. Parfois, je me dis que, même si c'est cher payé, il a échappé pour toujours au pays de l'horreur.

Be safe, p'tit frère, *be safe.*

J.

Un second e-mail suivait celui-ci.

Ma dernière phrase est stupide. Ne la répète surtout pas à Jeff. J'en viens à dire n'importe quoi !

Be safe.

J.

— J'espère qu'il ne va pas faire de conneries, a murmuré p'pa.

M'man nous a regardés descendre l'escalier, un truc que p'pa évitait généralement. Avec sa jambe, la descente était toujours une aventure.

— Je peux savoir ce que vous fourragez sans arrêt là-haut, tous les deux ?

— Oskar me donne des cours d'informatique. On a décidé ça l'autre jour.

P'pa se cramponnait des deux mains à la rampe. M'man l'a fixé, incrédule.

— Ça t'intéresse, ça ?

— Ça me passionne !

49

Le soleil cognait comme au cœur de l'été et Jeff somnolait devant la porte grande ouverte, avachi dans son fauteuil roulant. Allongé de tout son long à côté de lui, Bryan, le chat de Marka, a vaguement ouvert un œil en m'entendant arriver. Depuis son retour, il avait pris l'habitude de se pelotonner contre lui et Jeff le laissait faire. Il assurait que sa chaleur atténuait la douleur. Marka m'a fait signe de ne pas les réveiller avant de me rejoindre, son étui de guitare à la main. Il ne restait qu'une quinzaine de jours avant la fête de fin d'année et on profitait du moindre moment pour répéter.

— Hé, les petits chéris ! Attendez-moi ! Je vous accompagne.

Jeff a empoigné les accoudoirs de son fauteuil et s'est redressé à la force des bras tandis que Bryan décampait sous un meuble.

— Je ne vous ai jamais entendus répéter.

Marka a hésité une seconde.

— Alors ce serait peut-être plus simple qu'on vienne ici. On ramène les amplis et on s'installe dans la cuisine... Concert privé !

Jeff a attrapé sa sœur par le bras.

— Merde, Marka ! Mais tu ne comprends rien ou quoi ? C'est pas parce qu'il me manque un bout de guibolle qu'il faut me faire des faveurs. Je veux voir où vous répétez pour de vrai, tu comprends ça ? Pour de vrai !

Sa voix a subitement dérapé vers les aigus et sa main tremblait. Il a lâché Marka et a essuyé la sueur qui lui trempait le visage.

— Excuse-moi, a-t-il murmuré. Je me comporte comme un sauvage, mais faut que ça finisse, tous les trucs qu'on fait à ma place.

*
* *

C'était la première vraie sortie de Jeff. Devant l'école, des gamins l'ont dévisagé comme un animal rare. Il a fait pivoter son fauteuil vers le plus proche et lui a coupé la route au moment où il tentait de détaler.

— Tu veux vraiment voir à quoi ça ressemble ? Tiens ! Regarde !

Il a fait le geste de relever son pantalon sur sa jambe amputée, mais l'autre s'est échappé comme s'il avait vu le diable. Jeff l'a regardé filer.

– C'est ça, dégage ! Petit crétin, va !

Sarah et les organisateurs de la fête de fin d'année s'étaient déchaînés. Impossible de faire dix mètres dans la rue sans tomber sur l'une des grandes affiches jaunes imprimées pour l'occasion. Jeff a sorti un gros marqueur de sa poche et a entrepris d'entourer notre nom d'un cercle rouge sur chacune de celles qu'on croisait. On ne voyait plus que ça sur les affiches.

– Arrête, Jeff ! a pouffé Marka. Tout le monde va croire que c'est nous !

– C'est pour le bien de tous. J'indique juste qui sont les meilleurs !

Il a rigolé et grimacé de douleur tout à la fois. Sa jambe droite était tellement couturée de cicatrices que le moindre cahot le mettait au supplice. Quant à l'autre jambe…

– C'est exactement comme si elle était toujours là, Oskar, à me faire encore plus mal que celle que les chirurgiens m'ont bricolée. Certains jours, j'ai l'impression qu'une meute entière de chiens cherche à me déchiqueter la chair à pleine gueule.

Il se bourrait de cachets pour lutter contre le fantôme de sa jambe et passait la plupart du temps dans les vapes, les yeux brumeux et le cerveau au ralenti. Certaines nuits, il se réveillait en hurlant de peur. Tout ce qui s'était passé le jour de l'attentat défilait devant ses yeux. Le camion bourré d'explosifs, le souffle de la bombe et lui qui jaillissait en l'air sous la violence du choc, comme un pantin désarticulé. Ces nuits-là, Marka s'étendait à côté de lui, elle lui prenait la main et lui parlait comme à un petit garçon terrifié par un cauchemar jusqu'à ce qu'il se rendorme.

Elle venait d'écrire une chanson – notre huitième – sur ces moments passés en pleine nuit aux côtés de son frère. *Night of ghost*, « La nuit du fantôme ». Celle-là même qu'on a commencé à jouer dans le garage, alors que, tassé sur son fauteuil roulant, Jeff dodelinait de la tête, les yeux dans le vague.

Impossible de savoir s'il était abruti par les doses de calmants qu'il prenait ou s'il nous écoutait. Avec Marka, on a fini par l'oublier. On s'arrêtait de temps à autre pour modifier un mot, un accord ou la ligne de basse, et on reprenait aussitôt. On a travaillé le son de la basse jusqu'à ce qu'il en sorte de longs hululements de fantômes qui, à la fin de la chanson, se transformaient peu à peu en crépitements d'armes. On a joué pendant plus d'une heure sans s'occuper d'autre chose.

« Faut que nos chansons deviennent lisses comme des galets », répétait parfois Marka.

*
* *

Quand on s'est enfin arrêtés, j'avais le bout des doigts usé et Jeff semblait toujours dans le cirage. Penchée sur sa guitare, Marka a égrené encore quelques arpèges. Je lui ai effleuré la joue, on s'est embrassés et Jeff s'est redressé d'un coup.

– Hé, les petits chéris ! Ce n'est pas du boulot sérieux, ça !

Marka a éclaté de rire en nous entraînant à sa suite, Jeff et moi. On s'est tous les trois mis à hoqueter comme des poules et, sans qu'on sache très bien pourquoi, ça s'est peu à peu transformé en un véritable fou rire qui nous tordait le ventre, les yeux noyés de larmes. Et, au moindre coup d'œil, ça repartait pour un tour.

Il nous a fallu un sacré bout de temps pour reprendre haleine. Mais, quand on y est enfin parvenus, Marka et moi, Jeff, lui, a continué à tressauter sur son fauteuil, toujours secoué de rire et le visage inondé de larmes.

50

Cent soixante-quinze jours que Jeremy était parti.
Il n'avait plus envoyé de lettre depuis des semaines, ce qui rendait m'man à moitié folle d'inquiétude. Son dernier e-mail ne comportait que quelques lignes.

Je sais que ça doit inquiéter les parents de ne plus rien recevoir, mais je ne me sens plus capable de leur mentir alors que, ici, c'est l'horreur et la peur au quotidien. Dis-le aux parents, p'tit frère, et montre-leur les e-mails que je t'ai envoyés, si tu les as gardés. Ce sera mieux comme ça.
Be safe.
J.

Jamais je n'avais osé lui avouer que p'pa avait déjà tout lu depuis longtemps.

De toute façon, le concert de fin d'année approchait et j'avais la tête ailleurs.

Chaque soir, à peine sortis du lycée, on filait avec Marka, la main dans la main. Le garage était devenu notre QG et on vivait dans une sorte de bulle, dans un monde à part où il n'existait rien de plus important que nos chansons. Même Jeff et Jerem' passaient au second plan.

Jeff a gagné sa liberté le jour où il a réussi à grimper sur les trottoirs avec son fauteuil, il parvenait maintenant à se déplacer seul et nous rejoignait dans le garage toutes les fois qu'il n'était pas trop envapé. La plupart du temps, il restait en retrait, les yeux mi-clos, à nous écouter ou à somnoler. Jamais il ne donnait son avis sur ce qu'on faisait, pas même sur la chanson qu'il avait écrite avec Marka.

Parfois, il se redressait, le visage labouré de tics et ruisselant de sueur. Il nous fixait un moment avec des yeux de bête traquée, comme s'il cherchait à se souvenir de ce qu'il faisait là, et il filait sans rien dire, au beau milieu d'une chanson, les mains crispées sur les roues de son fauteuil.

Les premières fois, j'ai cru que c'était à cause de la chaleur. Avec le début de l'été, le soleil cognait sur les tôles et on jouait toutes portes fermées à cause des voisins. Mais un soir où Jeff venait de se réveiller en sursaut, au lieu de filer dehors, il a tiré de sa poche une petite boîte métallique fermée par un élastique. Il en a sorti une seringue pleine d'un liquide transparent qu'il s'est injecté dans le bras en tremblant un peu. Ça n'a pris que quelques secondes. Marka s'est précipitée tandis que je le regardais, effaré.

– Jeff! Arrête! Tu en as déjà pris ce matin! Tu ne devrais pas...

– Garde tes cours de morale pour toi, Marka. Tu en ferais autant si tu avais une jambe en moins et l'impression que des fauves sont en train de te la déchiqueter.

– Mais tu en prends trop, Jeff! Tu le sais. Faut que tu réduises tes doses, le médecin te l'a dit!

La voix de Marka vibrait, elle était à deux doigts de fondre en larmes.

– Le médecin parle de ce qu'il ne connaît pas. Il a deux jambes et fait son footing tous les matins. Je le vois de ma fenêtre.

Il a pris une grande inspiration avant de sourire.

– Voilà, c'est comme ça! T'inquiète pas, Oskar, ça va aller maintenant. Bien mieux!

51

Cent soixante-dix-septième jour.

Salut, p'tit frère,

On est en alerte, mais la salle des ordis était vide. Difficile d'y résister ! J'ai mon fusil de précision à côté de moi, prêt à filer dès qu'on en recevra l'ordre.

Bientôt six mois que je suis ici. Une saloperie d'anniversaire ! J'ai l'impression d'y avoir passé la moitié de mon existence. Je ne sais même plus à quoi ressemble la vraie vie. Je ne sais même plus ce qu'on ressent quand on peut traverser une rue sans risquer de se faire trouer la peau, ni quand on boit un Coca avec une fille... J'ai l'impression que tout ça n'existe pas. Que ça n'a jamais vraiment existé.

Pour l'instant, pas de nouvelles de nos permissions ! Certains n'y ont eu droit qu'au bout de sept mois !

J'ai enfin réussi à avoir des nouvelles de Leon. De drôles de nouvelles. Il a disparu. Pas enlevé comme c'est déjà arrivé ici. Non, disparu. Un matin, plus de Leon ! Il n'était pas à l'appel, ni à l'infirmerie, ni nulle part ! Et depuis, plus rien ! La plupart des types de son bataillon disent qu'il a déserté. Un mot qu'il vaut mieux ne pas trop prononcer ici. Mais il paraît que Leon, lui, ne se gênait pas. Il en a parlé à plusieurs types qu'il connaissait bien en leur assurant qu'à la première occasion il se tirerait.

Il n'est pas le premier à tenter sa chance. Même si le faire en partant d'ici est une véritable folie, il paraît que ça reste jouable ! Certains auraient déjà réussi à rejoindre l'Europe comme ça...

Be safe.

J.

Les nouvelles mettaient quand même un sacré bout de temps à arriver sur place !... Parce que, ici, ça faisait des semaines qu'il se passait des choses pas très claires autour de Leon.

Une quinzaine de jours après que les fédéraux avaient déboulé chez lui, son père avait entendu de drôles de bruits dans son téléphone. Comme des crachotements et une voix très lointaine. Au début, il avait cru que c'était son fils qui cherchait à l'appeler, mais ce n'était pas sa voix. Il y avait eu des tas de bips, suivis d'un long silence puis d'une sonnerie, la même que lorsque quelqu'un vient de raccrocher. Et ça avait recommencé plusieurs fois les jours suivants. Depuis, le père Di Nardo était persuadé que son téléphone était sur écoute et que les fédéraux n'attendaient qu'un coup de fil de Leon pour le localiser et le coincer.

Mais la vérité, c'était que Leon n'avait plus donné signe de vie depuis un temps fou et que, déserteur ou pas, personne ne savait où il était.

52

Le jour de la fête de fin d'année est arrivé. Le terrain de sport et ses alentours étaient noirs de monde. De grandes banderoles aux couleurs du lycée flottaient un peu partout et des ribambelles de gamins se faufilaient à toute allure entre les jambes des adultes en traînant derrière eux d'énormes ballons gonflés à l'hélium. De temps en temps, l'un d'eux explosait avec un bruit de pétard, ou s'échappait en filant droit vers le ciel comme une fusée, sous les yeux ahuris de son propriétaire. Les anciens du lycée avaient tous été contactés par téléphone – une idée dont Sarah revendiquait la paternité – et beaucoup s'étaient déplacés par familles entières, histoire de revoir leurs anciens profs et leurs anciens copains. Il faisait une chaleur à crever et tout ce monde-là se rappelait le bon vieux temps en buvant des sodas glacés, les doigts dégoulinants d'*ice cream*. Personne ne se souciait beaucoup des gros nuages qui s'amoncelaient vers l'ouest. La météo avait promis que les orages n'éclateraient pas avant la fin de la nuit.

La directrice passait d'un groupe à l'autre, échangeait deux ou trois mots et piochait avec un sourire dans les cornets de pop-corn que lui tendaient les élèves en assurant que c'était la dernière fois parce que c'était très mauvais pour sa ligne.

– Un véritable succès ! répétait-elle à tout bout de champ. Cette fête est un véritable succès ! On en est à près de deux mille billets d'entrée. Vous vous rendez compte !

La campagne d'affichage de Sarah avait porté ses fruits au-delà de toute espérance. Tant et si bien qu'en début d'après-midi il avait fallu commander d'urgence au Giant Maxx une livraison spéciale de sodas, de bières et de glaces. Les stocks étaient épuisés.

Le concert a débuté avec une bonne heure de retard et les premiers groupes se sont succédé sans que personne leur prête trop attention. Mais Sarah s'est démenée comme une pro tandis que les gars de la sono poussaient un peu leurs manettes. Les gens se sont pris au jeu, les parents, les grand-mères, les enfants, les petits-enfants, les profs, la directrice… Tout ce monde-là est venu se masser au pied de la scène pour applaudir, brailler, danser et suer dans l'atmosphère étouffante qui précédait toujours les gros orages d'été.

Le soir tombait lorsque l'avant-dernier groupe est monté sur scène. Les «Six Girls», six filles de terminale qui jouaient de la country, rassemblées autour de Susie, une contrebassiste surdouée, un petit peu plus large que son instrument et que tout le monde adorait. Leur dernier morceau était un truc ultra-rapide sur lequel le banjo et la contrebasse se sont déchaînés. Au pied de la scène, les gens tapaient des mains à s'en faire saigner les paumes et bondissaient comme des poignées de ressorts. Ils ont applaudi à tout casser à la fin du morceau en trépignant comme des gamins, tout le monde en redemandait. Les six filles sont revenues sur scène, acclamées comme une équipe de vainqueurs.

Je me suis essuyé les mains sur mon pantalon. Je ruisselais à la seule idée que j'allais jouer devant tout ce monde. J'avais passé l'après-midi à tournicoter autour de la scène en me rongeant les ongles et je n'étais plus certain que ce soit une bonne idée de passer en dernier. Ces filles mettaient une ambiance d'enfer, et nos chansons étaient faites pour tout sauf pour passer après un tel déchaînement. Sarah s'était plantée dans la programmation. « Erreur de casting », comme elle disait. En succédant aux Six Girls, on allait casser l'ambiance, se faire traiter de moroses, de pisse-vinaigre et de rabat-joie, et terminer la soirée avec trois spectateurs pendant que les autres fileraient rigoler ailleurs.

Mais rien de tout ça n'affectait Marka. Elle s'en donnait à cœur joie, braillait avec les autres, tapait des mains et dansait comme une folle, plus jolie que jamais. La perspective d'une catastrophe absolument certaine n'avait pas l'air de l'effleurer. J'ai levé les yeux vers le ciel. Il faisait presque nuit et les nuages qui avaient menacé tout l'après-midi nous arrivaient droit dessus. L'air poissait de chaleur, de grands éclairs cisaillaient l'horizon et on entendait vaguement les premiers grondements du tonnerre. Avec un peu de chance, l'orage nous tomberait dessus plus vite que prévu et le problème serait réglé.

Le morceau des Six Girls s'est terminé dans une apothéose d'applaudissements. Susie a piqué le micro des mains de Sarah pour nous annoncer elle-même.

— Il y a deux choses que j'adore dans la vie, les M&M's, à cause du chocolat, et les M&O, à cause de leurs chansons. Pas besoin de présentation pour ceux qui les connaissent déjà, pour les autres, ouvrez grand vos oreilles.

Elle nous a adressé un grand signe d'encouragement alors que je n'avais qu'une idée en tête : fuir à toutes jambes. Marka m'a collé un baiser express au coin des lèvres, et les rafales d'applaudissements n'ont pas cessé une seconde lorsqu'elle m'a pris la main pour me traîner sur scène.

On a vérifié qu'on était bien accordés et j'ai reculé de quelques pas, à l'abri du rideau de lumière des projecteurs. Ils nous éblouissaient tellement que c'est à peine si j'apercevais les premières rangées de spectateurs, les autres disparaissaient dans une sorte de brouillard lumineux, et c'était tant mieux.

— On va commencer par *Come back*, m'a soufflé Marka.

Je l'ai regardée comme si elle était tombée sur la tête ! Non seulement ce n'était absolument pas ce qu'on avait prévu, mais en plus *Come back* était le plus dépouillé de nos morceaux, l'un des derniers qu'on avait écrits. Marka démarrait seule, en chantant *a cappella*, la basse la rejoignait bien plus tard et la guitare n'arrivait que tout à la fin. Après le déchaînement de musique des six filles, c'était la douche glacée ! Plantage garanti !

— Mais personne ne va…
— Tu me fais confiance ?

Elle n'a pas attendu ma réponse et s'est approchée du bord de la scène. Sa voix s'est soudain élevée, seule, Marka tenait le micro à deux mains, comme pour confier un secret à chacun de ceux qui étaient là. L'espèce de rumeur sourde qui montait des spectateurs s'est tue et les gens se sont approchés peu à peu, comme aimantés. L'éclairagiste a tout de suite pigé le coup. Il a éteint tous les projecteurs en ne gardant qu'un simple halo de lumière braqué sur elle. J'ai eu un instant de panique à l'idée que je n'allais pas voir ce que je faisais, mais on avait tellement répété que mes doigts savaient exactement ce que j'attendais d'eux. La voix de Marka s'est faite plus douce, et la ligne de basse est venue se couler contre elle comme une seconde voix.

La dernière note de *Come back* s'est éteinte dans un silence incroyable qui s'est transformé soudain en un crépitement d'applaudissements.

Sans transition, on a enchaîné avec *Night of ghost*

alors que, une à une, les premières gouttes s'écrasaient sur la scène, tièdes et lourdes. Un faible coup de tonnerre a résonné au loin mais personne n'a bougé. Les gens restaient là, à goûter chacun des mots de Marka. Le morceau s'est terminé par un solo de basse dont j'avais travaillé le son pendant des jours avant de parvenir à imiter le crépitement des armes. Un éclair a déchiré le ciel et le premier gros coup de tonnerre a coïncidé avec la dernière note de mon solo. Je ne sais pas ce que les gens se sont imaginé. Peut-être qu'on avait manigancé ce coup-là de longue date, le ciel et moi, mais, de l'autre côté du rideau de lumière, des applaudissements mêlés de hurlements se sont déchaînés comme dans un stade.

Un nouvel éclair a zébré le soir et la pluie s'est mise à tomber plus dru.

– Je crois qu'on va bientôt être obligés d'arrêter, a fait Marka dans le micro.

– Ouhhh! Ouhhhh!

Une forêt de bras s'est dressée pour réclamer en rythme qu'on continue.

– Alors on y va!

Nouveaux applaudissements. Marka m'a adressé un clin d'œil et on a démarré notre troisième morceau sous les crépitements de la pluie.

Un éclair gigantesque a déchiré la nuit, aussitôt suivi de trombes d'eau. L'orage sortait les grands moyens. Le tonnerre a craqué en ébranlant l'air comme un énorme gong, tout a disjoncté, les projecteurs et la sono se sont éteints d'un coup, et le terrain de sport a plongé dans l'obscurité tandis que, cette fois, tout le monde filait se mettre à l'abri dans les voitures.

Marka et moi, on s'est réfugiés avec nos instruments sous la petite tente qui abritait la machine à pop-corn. Et l'orage s'est déchaîné. Les éclairs déchiquetaient le ciel comme au jour de la fin du monde et la pluie crépitait contre la toile, dans un vacarme d'enfer. Les techniciens n'ont eu que le temps de tout bâcher en vitesse avant qu'un véritable déluge nous assomme. Ce qu'on avait de mieux à faire, avec Marka, c'était se serrer l'un contre l'autre et s'embrasser. On avait devant nous des heures de baisers et du pop-corn en réserve, et je me serais bien vu passer la nuit ici, dans ses bras, à écouter tout ce vacarme en attendant que ça se calme.

C'était compter sans Sarah, qui a déboulé, trempée de la tête aux pieds.

– Ouahhh ! Géniale, ton idée de commencer

comme ça, toute seule devant tout le monde, c'était géant! Votre meilleur concert! Si, si, vraiment!

Je n'avais qu'une envie : la balancer sous l'orage!

L'espace d'une demi-seconde, un éclair a illuminé la nuit et j'ai vu les yeux de Marka s'agrandir de surprise.

— Qu'est-ce qui t'arrive?

Elle m'a pris le visage à deux mains pour m'obliger à tourner la tête. Dans le flash de l'éclair suivant, j'ai juste eu le temps de distinguer une grande silhouette et de vaguement reconnaître un visage.

— Jeremy!

La grande silhouette ruisselante a fait un pas de plus et m'a serré dans ses bras trempés.

— Salut, p'tit frère. J'arrive un peu tard, mais j'ai quand même entendu la fin de *Come back...* J'ai pris ça pour une invitation, alors me voilà.

Dehors, l'orage jouait les gros bras, la toile commençait à fuir ici et là. Jeremy sentait le chien mouillé et j'étais incapable de prononcer un mot.

53
Août

C'est quelques jours après le retour de Jeremy qu'on a dormi ensemble pour la première fois, Marka et moi. Une histoire qui ne regarde personne d'autre que nous deux. Pendant les semaines qui ont suivi, je n'ai pensé qu'à elle. Je n'ai pensé qu'à nous. Le monde entier ne tenait qu'à ses yeux, à ses rires et à ces moments où l'on se retrouvait. L'univers aurait pu s'écrouler sans qu'on s'en aperçoive. Même dans les bouquins de grandma, l'amour ne ressemblait pas à ça. Personne au monde ne pouvait avoir vécu, ne serait-ce qu'une fois dans sa vie, ce qu'on vivait tous les deux.

Les quatre semaines de permission de Jeremy se sont écoulées sans que j'y fasse seulement attention.

Je n'en ai gardé que le souvenir vague des crumbles aux prunes de m'man et des quelques discussions qu'on a eues ensemble, lui et moi. Il voulait tout savoir sur ce qui s'était passé ici pendant son absence mais, le plus souvent, il évitait de parler de là-bas. Sauf quand il s'agissait de Leon.

Leon... Jérém' est allé voir ses parents à deux ou trois reprises, persuadé qu'ils avaient réussi à embobiner les flics et savaient parfaitement où était leur fils. Mais les Di Nardo n'avaient réellement aucune nouvelle depuis des mois. La mère de Leon passait son temps près du téléphone, à attendre un coup de fil qui n'arrivait jamais, son père avait pris dix ans d'âge et se foutait comme d'une guigne de figurer un jour dans le *Guinness des records*.

À deux ou trois reprises aussi, Jerem' est venu nous écouter jouer, Marka et moi. Il a tenu à ce qu'on lui enregistre un CD de nos chansons. «Pour quand je partirai...» a-t-il dit. Une phrase qui a fait sourire Jeff alors qu'il n'y avait vraiment pas de quoi.

Ce curieux sourire de Jeff était un premier indice de ce que Jeremy avait l'intention de faire. Mais ça, je ne l'ai compris que bien plus tard. Des indices, mon frère en a d'ailleurs semé d'autres au cours des quatre semaines qu'il a passées ici, mais je n'avais d'yeux que pour Marka et je n'ai pas su les déchiffrer à temps.

Le plus clair de son mois de permission, Jeremy l'a passé avec Jeff. Ils se sont vus presque tous les jours.

Ils filaient tous les deux, sans rien dire à personne de leurs intentions, le fauteuil roulant de Jeff coincé sur la banquette arrière de la voiture de m'man. Ils se sont même offert une virée de cinq jours en ne laissant aux parents qu'une petite phrase griffonnée à la va-vite pour qu'ils ne s'inquiètent pas et en sont revenus en arborant un air un peu trop innocent.

Ce qui était sans doute un autre indice.

*
* *

Il était presque trois heures du matin, ce soir-là, quand je suis sorti de chez Marka, le cœur en montgolfière et le souvenir de ses baisers sur la peau. La nuit était d'une douceur incroyable et la permission de Jeremy se terminait dans moins de quarante-huit heures.

J'étais presque au pont lorsque j'ai aperçu la voiture. La Buick de grandma ! Il n'en existait pas deux au monde aussi cabossées et déglinguées que celle-ci ! Je me suis approché. C'était bien elle, aucun doute là-dessus ! Juste devant moi, garée une centaine de mètres en aval du pont.

Qu'est-ce qu'elle faisait là ? L'espace d'une seconde, j'ai pensé que grandma avait décidé sur un coup de tête de venir passer quelques jours à la maison, le temps de dire au revoir à Jeremy. Mais ça ne tenait pas debout. Pourquoi aurait-elle laissé sa voiture ici ? Pourquoi n'était-elle pas allée directement chez nous ? Une minuscule lueur flottait derrière le pare-brise... J'ai fait quelques pas de plus. Grandma était assise à l'avant, une lampe frontale fixée sur le crâne, le nez dans un bouquin... Elle lisait un roman d'amour en pleine nuit, dans sa voiture, et à moins de cinq cents mètres de la maison !

Je l'avais toujours connue loufoque, mais là elle se surpassait.

C'était tellement inattendu que je n'ai pas osé me risquer plus près. Je me suis rencogné dans les buissons qui bordaient la rivière, à une dizaine de mètres de là, et je suis resté à la regarder en tentant de comprendre ce qui se passait. Peut-être avait-elle perdu la tête comme la vieille Tata Ninidze, qui, depuis qu'elle s'était cassé le col du fémur, s'emmêlait sans arrêt les pinceaux, confondait le jour et la nuit et ne savait plus où elle habitait ? Mais je ne pouvais pas imaginer grandma dans cet état.

Elle a soudain relevé la tête, comme pour inspecter les environs, le faisceau de sa lampe frontale a effleuré les buissons… Elle ne s'est aperçue de rien et a aussitôt replongé le nez dans son roman. Presque au même moment, un bruit de pas m'a fait sursauter.

J'ai étouffé un cri de surprise. Jeremy venait de passer le pont et remontait dans notre direction, son gros sac de voyage sur l'épaule. Même dans la pénombre, il était impossible de ne pas le reconnaître. Il est passé si près de moi qu'il aurait suffi que je tende la main pour le toucher. Mais je n'ai pas bougé et il a filé droit vers la Buick. Comme s'il avait rendez-vous avec grandma. Elle a posé son livre pour lui ouvrir la portière.

– Alors, mon petit, tu es toujours décidé ?

Jeremy a fourré son sac dans le coffre sans répondre.

– Tu as bien réfléchi à tout ce que ça implique ? a repris grandma. L'armée ne laisse pas ses soldats filer en pleine nature sans réagir. Peut-être que tu ne pourras jamais plus revenir ici…

– Je sais. Mais si je laisse ma peau là-bas, j'aurai encore moins de chances de pouvoir le faire.

– Alors c'est entendu, a fait grandma. Grimpe et

on y va tout de suite. On a pas loin de trois cents miles à faire et, si on veut que tout marche comme prévu, on n'a pas de temps à perdre.

Le sang battait contre mes tempes. Je ne comprenais rien. Si ce n'est que Jeremy avait décidé de partir en douce je ne sais où.

– Attends encore un peu, Jeff a dit qu'il passerait peut-être...

Jeremy a regardé autour de lui. Rien ne bougeait.

– Allez, mon grand, il faut y aller, maintenant, a insisté grandma.

Jeremy s'est penché vers elle.

– C'est de la folie de m'accompagner, grandma. Personne ne sait dans quelle histoire je m'embarque. Donne-moi les clés de la voiture et reste ici. Tu expliqueras tout aux parents. Je vais me débrouiller seul.

– Mon petit Jeremy, c'est toi qui es venu me chercher l'autre jour ! Pas moi ! Alors maintenant, je vais jusqu'au bout. C'est peut-être la dernière aventure de ma vie ! Et puis mieux vaut que je sois avec toi pour passer la frontière. C'est plus sûr. Personne ne fait attention à une vieille femme qui se balade dans une voiture déglinguée avec son petit-fils et des caisses de romans d'amour stupides.

— Je n'en ai même pas parlé à Oskar. Il va être furieux.

— Il est amoureux, Oskar. Il a la tête ailleurs...

— Peut-être, mais quand même...

Je me suis décidé à sortir de mon buisson.

— Jerem'!

On s'est regardés sans savoir quoi faire. Les mots avaient du mal à sortir.

— Mais qu'est-ce que tu fais, Jerem'? Tu pars comme un voleur, sans dire au revoir à personne, ni rien?

— Je ne pars pas comme un voleur, p'tit frère. Je pars comme un déserteur...

Il m'a fallu un certain temps pour comprendre.

— Un déserteur!

Il a hoché la tête.

— Je ne peux pas retourner là-bas, Oskar. Je ne peux plus voir toutes ces horreurs. Je ne veux plus tirer sur des gens. Je ne comprends même pas pourquoi on me demande de le faire. Alors je pars. C'est mieux comme ça. Ma décision est prise. Ça fait longtemps que j'y pense, tu sais... Depuis que j'ai compris que Leon s'était fait la belle, lui aussi.

Il a souri.

— Grandma est dans le coup, tu vois. Elle et Jeff. Ils sont les seuls à savoir. On a tout prévu. Avec p'pa et m'man, ça aurait été trop compliqué. Quant à toi, tu nages dans les yeux de la belle Marka... Là, c'est simple. On passe la frontière ensemble et, une fois de l'autre côté, elle me laisse sa voiture. Ensuite, ce sera à moi de jouer. À moi de m'en sortir.

— Et elle, elle va revenir comment ?

— Elle, a fait grandma, elle a un nom ! Elle s'appelle grandma, figure-toi. Et elle va revenir en train, mon petit Oskar. Au plus tard, je serai de retour demain soir. Tu ne leur dis rien, mais je vais m'inviter quelques jours chez tes parents, ils auront besoin d'un peu d'aide pour digérer ça, je crois bien. Tout est réglé comme du papier à musique sauf si on continue à se mettre en retard. Alors, cette fois...

Jeremy m'a serré contre lui.

— Salut, Oskar. J'ai laissé un mot aux parents, mais tu leur diras bien que je pense à eux, hein... Et puis je compte sur toi pour embrasser Marka de ma part. Et Jeff, aussi. Il avait dit qu'il viendrait mais il doit être dans les vapes. Je vous donnerai des nouvelles dès que possible. J'espère que les fédéraux ne vous emmerderont pas trop.

Sa voix tremblait.

– Mais... on va quand même se revoir, hein ? Parce que si tu...

La suite s'est coincée dans ma gorge.

– Bien sûr qu'on va se revoir, mais je ne peux pas te dire quand. Sûrement pas tout de suite...

Il a encore répété « Salut, Oskar », la voiture s'est éloignée dans la nuit et j'ai entendu dans mon dos le chuintement des roues du fauteuil de Jeff.

– J'arrive un peu tard, on dirait...

Les minuscules braises rouges des feux arrière de la Buick s'éloignaient dans l'obscurité. À vrai dire, je ne voyais pas grand-chose, les larmes brouillaient tout.

54

Un crissement de freins, des portières qui claquent, des poings qui cognent contre la porte. C'était la visite à laquelle on s'attendait tous depuis que Jeremy avait passé la frontière, une quinzaine de jours plus tôt.

Les fédéraux ont déboulé en force dans le salon, accompagnés de types de la police militaire en treillis. Les mêmes hommes que pour les Di Nardo. Le même scénario. Leurs gros rangers cognaient contre le parquet.

– Interdiction absolue de sortir, de téléphoner ou d'échanger la moindre phrase avant qu'on vous interroge ! a aboyé un sergent de la MP. C'est compris ?

Il ruisselait de sueur et ses petits yeux de fouine passaient à toute allure de l'un à l'autre, comme pour intercepter un quelconque message secret.

Grandma lui a obéi au doigt et à l'œil en ne levant même pas le nez de son roman.

Après ce qu'elle appelait désormais sa «petite escapade avec Jeremy», elle était venue remonter le moral des parents en attendant que p'pa lui trouve une voiture assez solide pour résister à sa conduite.

De leur côté, les parents ont joué les imbéciles effarés avec un naturel parfait. M'man a même poussé le jeu jusqu'à proposer aux fédéraux un café qu'ils ont refusé.

Ils s'en sont donné à cœur joie et ont fouillé la maison dans les moindres recoins, comme chez les parents de Leon. Ils ont retourné les matelas, vidé les armoires, renversé les tiroirs et se sont assurés qu'il n'y avait rien de planqué jusque dans la chasse d'eau... Ceux qui se sont risqués dans l'atelier de p'pa en sont ressortis copieusement tartinés de cambouis.

Ils pouvaient bien fouiller jusqu'à ce soir, sorti des lettres que Jerem' avait envoyées les premiers temps, il n'y avait absolument rien à trouver. Les parents avaient brûlé le mot qu'il avait laissé avant de partir et j'avais effacé de mon ordinateur toute trace de ses e-mails.

Ils nous ont interrogés à tour de rôle. Quand est-ce qu'on avait vu Jeremy pour la dernière fois ? Est-ce que quelque chose avait changé dans son attitude au cours de sa permission ? Avait-il des contacts de l'autre côté de la frontière ? Avait-il parlé devant nous des soldats déserteurs ? Était-il un ami proche de Leon Di Nardo ? Avait-il de l'argent sur lui ? Appartenait-il à une association religieuse pacifiste ? Et à une association antimilitariste ? Quelqu'un avait-il pu lui fournir une voiture ?...

La seule qu'ils n'ont pas cuisinée, c'est grandma.

– Elle perd un peu la tête, a confié p'pa lorsqu'ils ont commencé à nous interroger.

Et c'est vrai qu'à voir cette vieille femme en jogging rose fluo, parfaitement immobile et plongée dans la lecture de *Pour la braise de tes yeux*, on pouvait se poser des questions. Ça a suffi à convaincre les flics, ils n'ont même pas cherché à vérifier. Mais à peine avaient-ils claqué la porte qu'elle a foncé sur p'pa comme une furie.

– Me faire passer pour une gâteuse ! Moi, ta mère ! Mon petit Frank, je te revaudrai ça !

Elle ne faisait pas semblant et paraissait réellement ulcérée. P'pa lui a passé le bras autour des épaules.

– Ce n'est qu'une minuscule vengeance, tu sais...

— Une vengeance ! Et tu cherches à te venger de quoi, je peux savoir ?

— De ce que vous avez manigancé derrière mon dos, Jeremy et toi. Le passage de la frontière, la voiture, l'argent que tu lui as donné... Tout ça, c'était à moi de le faire, bon Dieu ! C'était à moi de l'aider. Mais je n'ai rien vu, rien soupçonné, et lui ne m'a rien dit...

Il est resté un moment silencieux.

— Il a préféré te faire confiance.

Grandma a hoché la tête sans répondre.

Jamais Jeremy ne remettrait les pieds à la maison. Même s'il était désormais mille fois plus en sécurité là où il était qu'au cours des six derniers mois, cette idée-là était vertigineuse.

M'man nous a regardés un à un, hésitant entre les larmes et le sourire.

— Et pourtant, a-t-elle murmuré avec une drôle de grimace, ça me rend presque heureuse de le savoir parti.

55
Sept mois plus tard

Notre disque ! C'était notre disque ! Celui qu'on avait enregistré au cours de l'hiver, alors que, dehors, les tempêtes de neige s'enchaînaient et qu'on restait sans nouvelles de Jeremy.

Notre disque était là, juste devant nos yeux, mais, Marka et moi, on le regardait sans oser y toucher, comme s'il s'agissait d'un mirage prêt à disparaître au moindre geste.

Sur la pochette, la photo d'une vieille Buick cabossée qui s'enfonçait dans la nuit, avec en surimpression notre nom et le titre qu'on avait finalement choisi pour l'album, *Stay alive*, « Reste en vie ». Au dos, sous la liste des titres, juste une dédicace, « Pour Jeff et Jeremy ».

Jeff a déchiré la cellophane pour mettre le CD dans le vieux lecteur du garage. Marka m'a pris la main et on est restés immobiles, à écouter nos voix sortir des enceintes sans trop y croire.

Adossée contre un mur du garage, Marie guettait nos réactions.

– Alors ? C'est du beau boulot, non ?... On en a envoyé un bon paquet en service de presse et plusieurs radios nous ont déjà contactés. Je peux vous dire que la dernière chanson ne passe pas inaperçue !

La dernière, c'était *Deserter's Walk*, « La balade du déserteur ».

*
* *

À peine Marie est-elle repartie que Jeff m'a glissé dans la main un bout de papier.

– Tiens, c'est pour contacter ton frère... À ne pas laisser traîner n'importe où !

Une simple adresse griffonnée. Quelque chose d'assez compliqué, en poste restante, avec un autre nom que celui de Jeremy. Jeff n'a rien voulu me dire sur la façon dont il l'avait obtenue. Il m'a juste conseillé de faire gaffe, de ne l'utiliser qu'en cas d'urgence. « Les fédéraux ne le lâcheront pas comme ça... » Il prenait parfois des airs de conspirateur et je n'arrivais pas à savoir s'il exagérait ou si les flics étaient réellement à l'affût. De son côté, p'pa assurait que, depuis les années soixante-dix, les déserteurs du Vietnam n'avaient jamais pu remettre les pieds chez eux.

À n'utiliser qu'en cas d'urgence, avait bien spécifié Jeff... Même si je n'étais pas sûr que ce soit le cas, j'ai glissé un exemplaire de notre disque dans une enveloppe que j'ai postée avant de filer rejoindre Marka sur le pont.

De loin, j'entendais le choc des blocs de glace qui cognaient contre les piles de pierre. On est restés main dans la main, à regarder la rivière sans se parler. Nos haleines se perdaient en petits nuages floconneux. Marka m'a serré plus fort.

— Qu'est-ce que tu crois qu'il va se passer, maintenant ?

Je ne savais pas trop de quoi elle voulait parler. Peut-être de Jeremy, peut-être de notre disque, peut-être aussi de nous deux. De toute manière, personne ne pouvait avoir de réponse à une question pareille. J'ai passé le bras autour de ses épaules.

— Tu crois qu'on s'est embrassés combien de fois ?

Ma question l'a fait rire.

– Je ne sais pas, moi…
Elle a réfléchi.
– Peut-être des milliers de fois.
Ça me paraissait un bon chiffre.

Cet ouvrage a été achevé d'imprimer
sur Roto-Page
par l'Imprimerie Floch à Mayenne
en mai 2016

N° d'impression : 89792
Imprimé en France